Kármán József

L'EREDITÀ DI FANNI

Traduzione: Adriano Olivari

L'Eredità di Fanni
Edizione n.1
Originale: Kármán József - Fanni hagyományai
ISBN: 978-615-80964-7-8

In copertina:
Kármán József
Illustrazione per la propria publbicazione su "Uránia"

L'AUTORE

Kármán József (Losonc, 14 marzo 1769 – Pest, 3 giugno 1795): avvocato editorialista e scrittore. Terminati gli studi prima a Pest poi a Vienna, dove divenne avvocato, Qui conobbe la contessa Markovics, più grande di lui di 5-6 anni, relazione durata fino al 1789, di cui rimangono le lettere in tedesco e in italiano, lingue perfezionate in questo periodo assieme al francese e all'inglese. Nel Luglio dello stesso anno e ne 1790 sostiene l'esame di avvocatura a Bratislava. Seguendo il Parlamento ungherese che si mosse a Pest nel 1792, lavorando sempre come avvocato. Per i suo modi venne soprannominato *L'Alcibiade di Pest* da Toldy Ferenc (che curerà una prima edizione postuma del suo libro).Grazie alla già ricordata conoscenza delle lingue e delle conoscenze internazionali, sorse in lui dal 1790 un sentimento di rendersi utile per la Patria, se non altro con la penna. A Pest si legò con le grandi famiglie protestanti: assieme a Ráday Pál, dal 1792 fu il direttore della prima compagnia attoriale di Buda. Nel 1794 dirige e scrive *Uránia*, un giornale rivolto alle donne. In questa esperienza durata un anno e tre edizioni, appare quello che sarà poi il suo lascito: *Fanni hagyományai*. L'esperienza editoriale termina all'inizio del 1795 per mancanza di fondi e forse anche per il sopraggiungere della malattia fatale: non partecipa all'insurrezione di Martinovics del 5 Aprile 1795[1] e si ritira nella sua città natale. dove morirà di lì a poco. Ascoltiamo il pensiero di Szerb Antal[2]

---

[1] Ignác József Domonkos Martinovics (Pest, 20 luglio 1755 - Buda, 20 maggio 1795) : dottore in filosofia e teologia, fisico, chimico, avventuriero politico, che divenne il leader del movimento giacobino ungherese da agente segreto imperiale. Postosi a capo di un'organizzazione - chiesto direttamente al Martinovics dai giacobini di Parigi - volta l rovesciamento del potere assolutista, e poi a capo complotto verso il re: complotto venne scoperto e i congiurati traditi, arresisi a Vienna, vennero poi impiccati (20 Maggio 1795) in un parco di Buda, che da questo prese il nome di Vérmező (Campo di Sangue).

[2] Da Mindig Lesznek Sárkányok (Magvető 2002) , pp. 106(7)-108, già in Magyar

Di Kármán Jőzsef non abbiamo detto tutto, se di l ui si sa che é stato un un sentimentalista e un imitatore del Werther. Imitatore del Werther solo quanto Goethe di Rousseau, e il Sentimentalismo uno straordinario complesso concezione, verso cui il finesecolo apositivista sentiva una qualche nervoso orrore e non gli piaccia continuare ad occuparsene oltre. Ma, dopo Bergson nel sentimentalismo onoriamo fino a un certo grado i nostri avi, gli avi dell'intuizionismo credenti nell'esperienza diretta; e nella prosa sciolta, senza contorni, ma vibrante e inquieta di Kármán troviamo molti frasi che a tutt'oggi suonano attuali. Proviamo a digerire il sentimentalismo di Kármán o la sua spiritualità preromantica, nella speranza di ritrovarci dentro la risposta allenatore domande.
Sul perché sia diventato scrittore ungherese, la domanda di fronte a Kármán è ancora più tracciabile cdi quelloc eh sia situato di fronte a Anyos Pàl[3]; lui nevvero ancora più facilmente sarebbe potuto essere stato scrittore tedesco, che Anyos Pàl latino. Continuò con la stupenda corrispondenza via lettera con la contessa Markovics grófnővel in lingua tedesca; di certo riuscì a crearsi a Vienna legami letterari; gli scrittori di questa età in genere tentennano, se scrivere in tedesco o ungherese. Batsányi scrisse un dramma tedesco.
Al romanzo di Fanny dal *complexum* del Sentimentalismo mette l'accento su un momento davvero di energia, che così si vede Kármán József fu esperienza centrale: l'isolamento, Fanny, a causa dalla sua sensibilità, st di fronte a una opponentesi umanità. Nessuno la capisce, sghignazza, anza dà la caccia. Anche in questo isolamento va a pezzi, lo sfortunato amore è solo strumento nelle mani della sorte, proprio come l'amore senza speranza di Werther. Werther sarebbe suicida anche tra le braccia di Lotte, mert non riesce ad avvicinare l'ideale dello Sturm und Drang,

---

Preromantika (1929).
[3] Fajszi Ányos Pál István (Esztergár, 28 dicembre 1756 - Veszprém, 5 settembre 1784) monaco paolino, insegnante e figura della poesia del sentimentalismo ungherese.

dell'immedesimazione totale.
Questo sentimento di isolamento è un particolare, di duplice valore cosa spirituale: da una lato significa immisurabile dolore, l'abbandono, la rivelazione di sé non è una caduta 'dei soli tormenti della sofferenza. D'altra parte, c'è qualcosa di edificante in essa: l'anima solitaria non è un'anima ordinaria, perché è proprio a causa della sua più preziosità che viene strappata alle altre persone, la sua solitudine è la maledizione della nobiltà che porta con orgoglio. L'orgoglio sentimentale è uno dei più forti e indistruttibili.E la stessa sofferenza dell'uomo solo, questa nobile sofferenza, che affligge solo gli eletti, porta già con sé anche un'amara dolcezza; perché questa sofferenza è il sentimento che riempie tutta l'anima, e per l'uomo di Rousseau il sentimento è il valore supremo; nella grande sofferenza, nel sentimento pieno, si sente pienamente e completo, qui raggiunge il suo io più profondo, e in questo stato gode di più di "se stesso: l'universo".
Se Kármán ha creato Fanny a immagine e somiglianza di se stesso (il che è senza dubbio: questo tipo di uomo non vede altro che se stesso nell'universo), allora abbiamo il diritto di credere che anche Kármán abbia cercato l'isolamento. Amava essere un'isola disabitata nell'oceano umano in un modo davvero preromantico, amava la bella sofferenza della sua solitudine.
Forse è la chiave psicologica del momento mistico, che da Kármán, lo studente di medicina, formò solo uno scrittore ungherese. Nell'era di Karman scrittore ungherese, prima di Széphalom[4], può essere proprio stato un simbolo di isolamento tanto quanto l'isola disabitata: non aveva compagni che lo aiutavano, nessun pubblico che lo capisse. Kármán, diventando uno scrittore ungherese, ha dato una forma al suo isolamento, un quadro che tutti possono comprendere e gradire. Alla fine del XIX secolo, in epoca dei bohemien, molti divennero artisti per dare forma e

[4] Széphalom(Gennaio 1927-Luglio 1944). Mensile di letteratura e scienza,a linea guida simbolista, moderatamente conservatrice verso la letteratura contemporanea

sanzione a una vita disordinata; Alla fine del XVIII secolo, la maggior parte dei cuori più sensibili erano allo stesso tempo poeti, per dare loro la forma di un poeta ancora non maturo, il sigillo e la dignità.
In questo modo, la carriera di Kármán scrittore ungherese fu determinata dalla Preromantica: non solo come uno stato d'animo generale in cui si incontravano gli spiriti europei e ungherese, non solo come influenza letteraria, come il potere della forma-Werther, ma anche nella sua singolare anima certi tratti interdipendenti con la Preromantica furono quelli, che lo hanno reso uno scrittore e uno scrittore ungherese. (...)

L'IMPORTANZA DI "L'EREDITA DI FANNI"

Il relativamente breve scritto rappresenta il momento di passaggio al romanzo moderno. Inquadrato da Szerb Antal come uno dei due protagonisti della prima ondata del Sentimentalismo Preromantico ungherese, in particolare nella Scuola tedesca[5] criticato per una certa assenza di alcuni elementi fondamentali per definire romanzo, esso però è a tutti gli effetti il primo romanzo ungherese. Fino ad allora infatti la letteratura ungherese è l'epica. Con notevole ritardo rispetto a Paesi come l'Italia anche il Regno d'Ungheria (allora sotto il dominio Absburgo) si affaccia per opera di uno sfortunato giovane, dotato di grande sensibilità e che si rivolge per primo alle donne nella sua breve esperienza editoriale, senza trovare risposta anche se l'enfasi può apparirci lontana e stucchevole per i nostri gusti odierni, il lavoro rimane un caposaldo - spesso odiato perché obbligatorio nelle scuole ungheresi - della storia della letteratura magiara. Rimane il punto di svolta per la letteratura ungherese e l'innestarsi di questa nella grande e più celebrata letteratura ad essa contemporanea.

---

[5] Magyar Preromantika (1929)

Ancora Szerb Antal[6].:
(..) Lui stesso pure un rilevante lavoro originale ha lasciato alla posterità, Fanny[7] Hagyományai, il primo tentativo di volo che dipinge l!anima nella nostra letteratura. Fanny appartiene alla popolosa famiglia dei debitori del Werther. Romanzo in soggettiva, che rappresenta l'infelice amore di una ragazza dal cuore sensibile e il suo appassire. La dipendenza dai modelli wertheriano i nostri storici della letteratura in genere fanno emergere eccessivamente; il Werther soprattutto significa solo che questo è il tipo di romanzo allora regnante in Europa, un certo tipo stretto con regole, che anche Kármán tenne. La cosa importante è che è un romanzo in soggettiva. Introspezione preromantica di Fanny ufficialmente arriva fino a noi. L'oggetto principale della poesia è esso stesso lo spirito, per se stessa. La seconda metà del secolo scorso[8] si è fortemente estraniato dal sentimentalismo, come se il gusto sempre estranea dalle forme di ieri, delle quali proprio ora si è spogliato. Ma oggi già così lontano siamo dal sentimentalismo che oggettivamente riusciamo accettare in noi stessi , anzi fino a certo punto di nuovo diventano di valore i grandi scrittori sentimentalisti, i quali così molto prima di Bergson scoprirono il ruolo dell'intuizione nella vita dello spirito. Oggi di nuovo amiamo il Werther e i libri di Sterne[9], Jean Paul[10] e l'intera linea dei romanzi lirici; anche Fanny Hagyományai is inizia di nuovo ad essere meritevole di essere letto. In Kármán la civiltà era più forte della cultura e l'essere social e più forte dello scrittore. La vita sociale e i molti amori hanno digerito le sue energie e a 26 anni già andò a casa a morire. Allora hanno scoperto il complotto di Martinovics. La tradizione famiglia così seppe che il ritiro

---

[6] Magyar irodalomtörténet (I. pp. 222-223, II. 255-257)
[7] *Sic.*
[8] Del 1800.
[9] Laurence Sterne (Clonmel, 24 novembre 1713- Londra, 18 marzo 1768): scrittore e religioso britannico.
[10] Johann Paul Friedrich Richter (Wunsiedel, 21 marzo 1763 – Bayreuth, 14 novembre 1825): scrittore e pedagogista tedesco.

di Kármán era in connessione con gli eventi misteriosi, con la sua morte anche lui scappò dalla prigione.

L'EREDITÀ DI FANNI

UNA PAROLA AL LETTORE

Uno sconosciuto ci ha mandato la qui inserita storia della vita e ombra di quella persona, che lui ha chiamato Fanni. Abbiamo ritenuto degno che lo condividiamo con i nostri lettori, perché perlomeno ha colpito noi. Usiamo questo strumento con il fine di esprimere qui i nostri pensieri circa le siffatte piccole *biografie.*
L'errore della Storia è che ha conservato solo luminose azioni, famose gesta per quelli che son rimasti: e ha coperto la segreta, sempliciotta, vereconda perfezione con il velo del tempo.
Grande e regale visione nella natura è il chiaro e ficcante fuoco del Sole...la torrenziale e scuoti-pietre precipitosa acqua del bosco - entrambi esempio della tumultuosa e dell'alta *virtus.*
Oh! che bello e a sé attraente anche il mondo d'argento di mezzanotte della Luna...e anche i campi fertili, sotto i fiori silenziosamente un ruscello gorgoglia, entrambi il casalingo, segreto, per se stesso soddisfacente esempio di *virtus.*
Entrambi meritano il *mausoleo.* Ne danno notizia le colonne di rame e di marmo - a questo il cuore con una lacrima qui e là sacrifica nel segreto.
Trova tutto in ordine e in buono stato la saggia esaminatrice *virtus.*
Non solo il mondo si meritano gli spaventosi flagelli di Dio. gli Attila, gli Alessndro, o gli splendori del mondo, i Tito e i Traiano da essere annunciatori dei comportamenti e della gloria.
L'amore per l'uomo, le buone qualità non meritano un mausoleo solo allorquando la troviamo in questi capi, presso i quali è per lo più obbligo e leggerissimo obbligo. Il nome di ogni uomo, che abbia quelle caratteristiche proprietà, che sono gli obblighi del buon uomo, del buon borghese, del buon padre, del buon amico, merita, che una tarda impronta lo nomini.
Anche nel sesso femminile perchè bisognerebbe mantenere solo il ricordo delle Cleopatra, delle Aspasia? - Quelle meritevoli di affetto. che sono state dimenticate, perché non sedettero su un trono regale, o - non sono state amate da quelli che si sono seduti sul trono...perché il vostro buon cuore non hanno potuto rassicurare con regali...perchè non hanno rassicurato con regali i buoni cuori...e non hanno strombazzato le grandi menti davanti al mondo, ma hanno sopportato fedelmente, hanno amato fedelmente, reso felici loro marito e il loro popolo, furono il piacere dei genitori, buone madri, buone mogli, buone ragazze: perchè non vi meritereste queste

colonna celebrativa?
Anche a queste dedichiamo noi posto nel nostro lavoro. Nonostante usiamo begli esempi, e nonostante troviamo abbastanza nella nostra Patria, chi possiamo mostrare come esempio!

FANNI

Felicitá ai redattori di *Uránia*!
Benedetto sia quel pensiero, con il quale alle più nobili fanciulle della nostra Patria vite e comportamenti vogliate sottolineare a imperituro ricordo ed esempio.
Vivo in questo con lo strumento al fine di condividere con il mondo la vita un giovane essere, il cui ricordo io manterrei con piacere, poiché io posso dire di essa, come Petrarca disse della sua Laura."*Il mondo non la conobbe, finquando l'ebbe, e conosciuta solo presso quelli che qui sono rimasti, per piangerla*"[11].
Lei non nacque davvero per far partire meraviglia, ma creata per sollevare a *pietate* colui che la vide. Silenziosa e buona, piena di *pietate*, che sempre celò in sé, timida e gradevole fu quest'angelo di signora, della quale qui parlo.
Il luogo della sua nascita e della sua educazione fu un piccolo paesino, e comunque il suo modo di pensare fu bello, il suo modo di giudicare equilibrato e il suo cuore capiva i mondi; perché imparò nella miglior scuola - alla scuola delle sofferenze.
Seguì nel luogo della cessazione sua madre ancora nella sua tenera età, nella braccia della sua balia. Suo padre non fu un dolce padre[12]. Dimenticò ogni umana e paterna sensibilità, perché credeva che il figlio solo con durezza poteva crescere bene, e non sapeva che questo spirito benedetto venne fuori, come il migliore, dalla mano della natura…
Aumentò le sue sofferenze anche la sua matrigna, la quale soprattutto, poiché il padre non la riteneva come sua figlia, ne fece pure la serva dei suoi fratelli. Mai una buona parola sentì lei, che per tutti aveva una buona parola. La voce del padre era perentoria e spaventosa, a cui solo sentirla anche tremava. E perció rimase nel suo comportamento un qualcosa di pudore e ritrosia. Sopra ciò un certo che di dolce melancolia e triste silenzio, che solo di fronte a certe sue amiche deponeva. Tante sofferenze le hanno insegnato,

---

[11]Petrarca, "Canzoniere", "*Lasciato ài, Morte, senza sole il mondo*". (Lasciato ài, Morte, senza sole il mondo/oscuro et freddo, Amor cieco et inerme,/Leggiadria ignuda, le bellezze inferme,/me sconsolato et a me grave pondo,/Cortesia in bando et Honestate in fondo.//Dogliom'io sol, né sol ò da dolerme,/ché svelt'ài di vertute il chiaro germe:/spento il primo valor, qual fia il secondo?// Pianger l'aer et la terra e 'l mar devrebbe/ l'uman legnaggio, che senz'ella è quasi/senza fior' prato, o senza gemma anello.// Non la conobbe il mondo mentre l'ebbe://conobbil'io, ch'a pianger qui rimasi,/e 'l ciel, che del mio pianto or si fa bello.)

[12] *Édesatyja nem édes atya volt*: *Édesatyja* è il termine elegante con cui ci si riferisce al genitore di una persona.

come bisogna sottomettersi agli ordini del cielo. Gli stenti non la schiacciarono mai, anzi la rafforzarono. Non si lamentò mai, solo qualche volta nella sua solitudine corsero penosamente le sue lacrime, solo qualche volta desiderò la sua defunta madre.
Una fortunata storia questo dolce spirito ha portato davanti a noi, nel suo sedicesimo anno. Lei e io ad un tempo sentimmo il felice partire della *pietade*. Ci mancherebbe che non si sia rallegrato questo spirito degno di essere compatito che vi è sotto il Sole ancora creatura, che la ama? Ma il suo truculento padre ha inasprito anche la nostra poco durevole dolcezza. Questo *tyrannus*, presso cui ogni sensibilità era sconosciuta, da far sì che avrebbe potuto vedere che sua figlia tra le braccia di un giovane che la ama, e non avrebbe distrutto la sua felicità. Lei, che l'amore solo così conobbe, come ogni animale.
Anche questa miscelata felicità non per molto noi la si è potuta sentire. Il *Fatum* noi uno dall'altra ha diviso. Questo da sola non lo poté sopportare; lei, che il suo sfortunato freddo non ha digerito, appassí sotto il dolce calore dell'amore.
Dopo la separazione ogni accoramento premeva con supplice forza, perchè non vi era chi avrebbe condiviso con lei quello. -Alla fine una veloce tremito febbrile la gettò a letto.
Giunsi vicino alla disperazione che perlomeno nelle sue ultime ore potessi essere con lei, e sono testimone della sua morte, che la rende davanti a me indimenticabile.
Sul suo letto di morte ha mostrato il suo eroismo in tutta la sua dignità. Con silenziosa sofferenza ha riempito l'intera sofferenza. Anzi, poiché suo padre, al quale faceva male che sua figlia non avesse mai sentito che lui era stato suo padre, e che voleva richiamare alla vita con cura zelante, perché mettesse a posto suoi peccati, a che suo padre la accudisca, questo sottomesso spirito sorrideva, quando entrava suo padre, quando se ne andava, soffriva di una mortalmente orribile sofferenza. - In tutta la sua malattia non si lamentò mai. Qualche volta mi guardava con occhi umidi, e - solo a causa mia avrebbe voluto vivere ancora. Cosí bruciava il suo corpo, e il suo aspetto mostrava gaiezza. Sorrideva, quando si avvicinò la morte; sorrideva, quando morí tra le mie braccia!

L'EREDITÀ' DI FANNI

Felicità ai redattori di Uránia!
Assai caldamente ringrazio che anche voi avete amato Fanni...che l'avete accolta nella vostra *Uránia*, e così avete mantenuto il suo ricordo. da dove lassù con sorriso grato vi ringrazia...Oh, con quale profonda gratificazione ho visto cadere per lei una qualche lacrima. Poiché mi fanno sperare nella partecipazione del pubblico dei lettori, i suoi scritti abbandonati, i quali come santi lasciti, dopo la sua morte giacevano presso di me, ecco, qui li mando...Se li avete trovati buoni, rendeteli pubblici. Frammenti staccati, piccoli pensieri, ma dai quali un bella interezza si può mettere insieme - la pensatrice. Dio sia con voi e con i vostri lavoratori.

I

*Oh, che bello qui!...*Dietro al porta del nostro orto, per la quale vanno nel frutteto, ampiamente si è sparso sulla siepe il luppolo, che si lega a un bell'alberello di pruno, e in questo sotto la voluttuosa volta sta il mio piccolo tavolino, presso il quale è così gustosa la lettura. Qui mi estraneo nei pomeriggi di molte domeniche e in molte mattine presto, quando proprio nessuno vede, quando nessuno m'offende. Qui leggo in segreto, qui scrivo, qui piango in segreto.
Oh, tu dolce verde oscurità, confidente dei miei segreti! quando dolce sotto di te il fantasticare, più libero sotto di te l'anelare, e allorquando giungo sotto di te, peso grave come una mola esce dal mio seno. I raggi del Sole solo qui e là scottano il mio papiro, e con amichevole falsità sembrano tendermi un agguato...uno stelo di luppolo voluttuosamente e carezzevolmente si allunga verso di me attraverso la mia spalla, e sembra abbracciare la sua conosciuta amica...Oh, che bello qui! questo posto me di tanto buon cuore accoglie, altri - da me sono tutti stranieri...Dolce ronzio di tristezza si sente delle api, oltre i cui alveari stanno vicino all'aiuola messe fuori, il loro amichevole mormorio è come il gorgoglio portatore di sonno della fonte...Ogni tanto una perduta, barcollante ape dà una breve visita al mio rifugio...mia piccola dolce ospite, ti vedo con piacere...Posati qui, ristorati qui presso di me...Non ho paura io del tuo pungiglione...Oh, più velenoso di questo è quello degli uomini. Tu con quello solo colpisci solo chi t'offende, nelle vostre analoghe

compagnie lavorare con l'amore della societá. L'uomo invece all'uomo rende i suoi giorni amari...qui lontano sono da loro...Perciò, oh, perciò è tanto buono qui!

II

Lá, contrario al mio nascondiglio giace la regina del mondo con la sua fastosa regalità, e sanguinolenta fiamma eccita nella mia solitudine. Anche la mia guancia bruciava tutta per ritornare del fuoco, tutta per la bellezza. Vieni, dolce ora degli orrori! serale grigiore, quando il mio cervello tanto profondamente cammina piano, e la mia immaginazione viaggia i possedimenti dell'infinito!... L'infuocata ruota del Sole è affondata oltre la montagna. Le brezze svolazzano più fresche. Solo uno o due solitari piccoli maggiolini che saltano passano accanto al mio orecchio, e sempre di più cresce il silenzio benedetto dell'alba serale...Inizia il regno delle immaginazioni...

Bisbiglia il vento della sera tra le foglie degli alberi. La Luna spinta in alto pende nell'aria. Rende rugiada il freddo piccante...Da ogni angolo sfocato le maledette forme di ombre dei cespugli danzano fuori!..Il mio cuore si riempie dei tristi ricordi dei miei cari morti...lá sopra la Luna, mia gloriosa madre là sei tu; la tua unica figlia qui hai lasciato alla durezza degli uomini. Guarda giù a me, seguimi dappertutto, sii il mio angelo custode. Se è inquieto questo cuore, tranquillizzalo, Oh, quando morde la tristezza, palesati in un debole vento della sera, alita sulla mia guancia la tua presenza, e saró felice. Ma se possibile, madre mia, mia dolce madre, portami presto su da te...

III

Incolmabile cuore! quando ci sarà fine ai tuoi desideri, che sono cosí volitivi, come il volere di un tignoso bambino. Che desideri, che aneli?

Un qualche dolce, pesante, segreto, non so quale profondo sentimento giace indicibile, opacamente nella profondità del mio seno! Se l'ombra della notte piena di segreti ricopre la terra, allorquando la Natura è assopita e festeggia - allora risorgono i suoi sentimenti più potenti...Così dolce, vezzosa sensazione - e comunque dolorosa. il mio cuore batte di piacere - e comunque di lacrime si riempiono i miei occhi.

Inafferrabile è l'uomo pure a se stesso! Se guardo alle montagne blu lontane oh, profondamente vorrei volare oltre a loro...Se di tra una sporta di faggi del bosco il cuculo amichevolmente parla - oh, come desidererei sedermi nel grembo delle sue ombre...Quando spariscono le piccole schiume del ruscello, che chiude il nostro frutteto, i suoi piccoli problemi spariscono - Oh, con qual piacere scivolerei io pure su di voi...Cose simili desidero, e tuttavia, se tutte queste anche facessi a me stessa, difetterebbe la mia felicità...e cos'è questo? Questo di nuovo non lo so. - Cocciuto, volitivo cuore! Chi guada la confusione dei tuoi sentimenti?

IV

Di che si meravigliano nei miei occhi che hanno pianto a dirotto? Non sanno, i felici! che cosa mi stringe dentro, cosa mi soffoca molte volte, come se l'aria fosse esausta intorno a me...Sento la mia incompletezza, una parte del mio cuore non riempita...Io per tutto sono così buona, e proprio nessuno mi ama! Sfortuna! il tuo freddo è più crudele delle sue maledette pietre di zolfo...Lassú - là nella felice dimora dell'amore, poi mi amano; là poi incontro quella buona madre, davanti alla cui immagine tanto piango, là tra gli angelici giovani mio fratello maggiore…

Oh, se lui vivesse ancora! Qui siederebbe poi spesso con me, qui chiacchiereremmo di nostra madre che ha traslocato, piangeremmo l'uno sull'altra, che ci hanno rubato il cuore di nostra madre...Dentro di lui deporrei tutte le mie speranze, presso di lui tutte le mie sofferenze. Avrebbe la mia protezione, sarebbe la mia felicità; la sua fortuna sarebbe anche la mia, avrei qualcuno di cui gioire, in cui e con chi rattristarmi, Lui! - Forse lui colmerebbe la mancanza del mio cuore. Lui amerebbe me, io lui! e con la nostra morta felicità celeste ci sorriderebbe dalle nuvole...Ma così - da sola! --

V

Perché non ho abbastanza che sia sufficiente per poter fare agli altri(?) Perchè si esaurisce la mia capacità prima del mio desiderio di fare del bene!(?) Óh, padre mio lassú! Ti ringrazio per queste sofferenze, che il mio cuore rende sensibile verso la miseria degli altri. Il buono stato gualcisce la sensazione, mette in in sacchetto di pelle il cuore.- Solo se stesso ama il ricco, fugge anche davanti alla vista dei reietti, come i bambini viziati. Questi attorno a me sono

tutti cuori di pietra…
Una vedova si è nascosta, con i suoi due bei bambini, in un basso tugurio *zsellér*[13] ai bordi del nostro villaggio!...Nessuno sa, da dove sia venuta...Nel suo ufficio e nel suo portamento si vedono i resti del suo antico buono stato. Il suo discorso mostra buona educazione. La tristezza e il dolore supplicano per la compassione dal suo sguardo penzolante. Ho amato a prima vista questa madre sofferente. I suoi figli sono divenuti miei fratelli...L'infelice con così tanto piacere si lega all'infelice; qui trova un cuore comprensivo, che gli schiaffi della sfortuna impietosiscono. Il felice passa e va via accanto a lei con freddo sguardo, e va veloce su quello spiacevole sentimento, che nella sua parte interna segretamente la muove: può succedere anche a Te!- Nessuno tormenta. In compagnia dei suoi bambini e del suo dolore vive sola.
Cos'è che mi evita? allorquando ci incontriamo, perché, dicendo un silenzioso "buongiorno" prosegue? Ritiene anche me come gli altri...o forse superba? Anche nella sua povertà di cuore sollevato?...Oh, se quella, ti amo, signora generosa! anche per questo tuo nobile orgoglio. Non costruire sugli uomini; non sperare proprio nulla. La sfortuna perde le punte più acuminate del suo pungiglione su quelli che hanno dimenticato le speranze del ladro...Ma forse ti vergogni - che sei miserabile. Vieni tra le mie braccia, cara infelice! Lo sono anch'io.

VI

Dai nostri vicini oggi ho visitato i compagni della mia fanciullezza, dopo molto tempo. Sonno vicini alla mia età, abbiamo abitato insieme presso la moglie di un insegnante...Gradevole primavera della prima vita umana, come il sogno del mattino, sparisci! Abbiamo vissuto innocentemente, la curiosità non ha intagliato i nostri cuori, la speranza non ci hanno fatto venire le vertigini. Senza zelo abbiamo visto alzarsi e abbassarsi il Sole; il presente ha riempito il nostro piccolo cuore di sospiri facilmente amabili. Una pupa fu il più pregevole nostro bene, un'ora libera il nostro tempo più felice e una cosetta decorata il nostro più grande piacere...Sono risorti questi ricordi nel mio cuore, allorquando mi preparavo ad andare da loro. L'immaginazione di un'educata amicizia mi ha

---

[13] Le tipiche case bianche e nere dell'Ungheria contadina e dei coltivatori di sedano (*zsellérek)* in particolare.

seguito da loro.
Educata, ma fredda fu l'accoglienza. Hanno fortificato tutte le loro parole con austera cortesia. Ogni movimento secondo le violentatrici leggi della teatralità. Ribollì la bocca per le belle vuote loro voci, il cuore - tacque. Allora non da molto erano tornati dalla città. Erano pieni di felicità per quello. Per loro là fuori era stato tutto noioso. Non vi erano stati divertimenti, non balli[14]! attorno a loro non vi erano stato sfaccendati e amoreggianti giovani.
Tirarono fuori tutti i vestiti alla moda, e li indicavano con orgoglio interiore...Mi hanno invitato al Carnevale, per quando per volere dei loro padri avevano promesso di dare un ballo...Nuovamente la mia immaginazione mi ha preso in giro, non avevo trovato i miei compagni della fanciullezza.

VII

L'errore è mio, io sono male e iniqua. I padri amano i loro figli. I padri i miei compagni riempiono di molti regali, esaudiscono i loro desideri, anche quando questi ancora non sono cresciuti. Quelli siete amati - io, vedo, sono rigida, svogliata, senza pace. Non vi appartengo, io quello lo vedo pur'io...Perché, oh, perché la Natura ha versato dentro di me così assurde passioni?--
Ecco, io piango in segreto. Se mio padre dal mio sogno di mezzanotte con le sue parole altitonanti[15] mi scuote, o con occhi folli guarda severamente, io sto zitta, faccio tutto. Se i miei fratelli ordinano con superiorità, perché hanno un protettore, io senza una parola di opponimento servo la loro più testarda volontà. Ma chi sarebbe quello sconsiderato, che in questo stato non sarebbe dissennato, o triste?

VIII

Il mattino è stato bello. L'alba si é alzata con lacrimevole occhio. Brezze rinfrescanti alitarono. Le nuvole dei profumi si sono diffuse nei campi inumiditi. Tutta la rallegrata creazione sorrideva. Era allegro anche il mio cuore. - Confinante con campi, che si stendono vicino al nostro giardino, una pergolato carino. Il suo pavimento è imbottito con morbide, verdi zolle e pulito. Con un libro in mano a

---

[14] I balli erano l'unica occasione di socializzazione libera per gli adolescenti.
[15] usa lo stesso epiteto riservato a Zeus nei poemi omerici.

piccoli passi passeggiai in uno spazio intarsiato di perle, fino a quando giunsi sotto la volta del boschetto. Visione che innalza il cuore! la vedova con i suoi due figli è venuta stare qui su un mucchietto di terra; questi piccini le loro mani hanno sollevato al cielo, e hanno finito dietro la loro madre i loro sacrifici mattutini. - Lá, dove ero, caddi pur'io, e ho pregato l'Eterno…
All'ombra di un albero si mise a sedere questa buona madre; ha messo la testa del suo piccolo bambino in grembo, il più grande leggeva a voce alta...Il suo contrito triste sguardo appese al suo piccolo bambino, una lacrima tremò nei suoi occhi, e accanto a un sospiro con volto questuante guardò ai cieli…
Con bellissima chiacchierata ha fermato il più piccolo il più grande..."Perché piangi dolce mammina! Poi viene papino! Vero che viene? io vado nel nostro giardinetto, e gli preparo un mazzetto, lui invece mi porta moltissimi regali." Il più grande, che sapeva provare un po', quello che aveva perso: "Non ritorna più papino povero! Lo hanno chiuso in una bara scura, e gli uomini neri lo hanno portato via." Queste cose tagliarono il suo cuore, e il suo occhio pulendo con il fazzoletto, si mise in piedi.
Il mio cuore poi si incrinò. Copiosamente caddero le mie lacrime, e senza che l'avessi saputo, mi ero avvicinata, e all'improvviso piangendo-singhiozzando ci trovammo l'una nelle braccia dell'altra.

IX

Il nostro conoscersi è unico nel suo genere. L'ho seguita fino alla sua casetta. Il mio cuore si è lacerato, allorquando vidi negli strumenti di casa quella triste miscela di pulizia di città con la povertà di piccolo borgo...Qui stava uno specchio, grande e ricco, davanti a esso un bianco tavolo messo male...lá un divano di seta e intorno a esso sedie di paglia. Lasciò veloce un debole rossore le sue pallide, belle guance…Sopra il suo letto stava appesa una bella immagine maschile. Tutte queste cose non sono riuscita a dimenticare e a conciliare.

X

La pietosa misericordia m'ha messo al bando. Perché strabuzzano i loro occhi gli uomini, allorquando vedono che qualcuno si sacrifica per l'umanitá? Questa è la prova dell'imbambolamento alla sua rarità. Le chiusure di bronzo dei palazzi davanti ai miserabili sono fortissime. Lo sciocco con il suo spirito retto - non si lamenta, ma aiuta.

Zitta zitta ho cucito qualche piccolo vestitino per i piccoli della mia amica. Molte notti, allorquando profondamente tutti quanti russavano profondamente in casa, e l'un l'altra rispondendosi risuonava la voce del gallo da una parte all'altra, ho agucchiato; in avanti ho immaginato i saltelli di quelli piccoli spiriti, quale piacere sentiranno dentro di loro...Oh, questo immaginare è stato più bello di un bel sogno, più calmante di un russare di mezzanotte.!...Il mio regalo fu pronto. Di soppiatto vestii i piccoli, i quali nel frattempo difficilmente poterono trattenere il loro confusionario piccolo piacere, e di molta buona volontá si nascosero. Io entrai davanti, e concessi che dopo non molto entrassero dopo di me nel loro nuove vesti da camera…

Io parlavo con la mia amica, aspettandoli. Un buon vecchio conterraneo facoltoso padrone entra, e vedendomi là, si sorprese leggermente, ma ricomponendosi: "Mia moglie- per così dire - è stata fortunata nella linicoltura; la giovane donna quest'anno non ha seminato: i piccoli pargoli crescono molto veloce, non odia il mio povero regalo; se invece non ha tempo di raccoglierlo, la mia Erzsi[16] fa anche quello...". La signora era imbarazzata, una lacrima sgorgò giù sulle sue guance, afferrò la mano del vecchio: "Grazie, mio dolce vicino" disse solo questo. Allora -

I piccolini si scapicollarono dentro con strepitante piacere. "Guarda, mami! Guarda, che bella cosa ci ha portato la nostra zia!" Stette in piedi senza dire una parola, mi abbracciò, e coprì il suo volto nel mio seno. "Mia dolce amica, il mio cuore è cattivo, non ha ancora imparato ad accettare una buona azione senza arrossire."

---

[16] Diminutivo-vezzeggiativo di Erzsébet

XI

*Questa uniformità c*he fa sospirare mi annulla con la sua nascita. Un giorno è come un altro...In questo problema, in quello disperazione, nel terzo disperanza...Il periodo del tempo si dà il cambio con l'altro. Il calore estivo già si fonde con l'umidità, che significa l'avvicinarsi dell'autunno. I giorni grigi aumentano. Il cielo coperto di deboli nubi più spesso visita con la sua dolce *melancolia*...Il mio stato è sempre uguale. Ma mi serve o no vivere sempre cosí?

XII

L'uomo è necessario all'uomo. Chi distrugge quell'enorme desiderio, che possiamo vivere con omogenee realtà? Questa rocca riecheggia i miei dolori, ma non capisce, sulle ali del vento serale porta da tutte le parti i miei sospiri, ma non percepisce, il mio spirito desidera uno spirito di padre, il mio cuore cerca un cuore analogo...
Oh, gli uomini sono sempre così gelidi e dal cuore di pietra o no?...Dov'è la creatura che ama, alla quale sempre più vicino e più vicino mi potrei stringere, che pure volentieri mi stesse ad ascoltare, come gli altri, e lui - che peraltro molto di più capirebbe di questi, che seguirebbe i miei sentimenti, e accetterebbe, e che sopra tutti gli altri a me, e solo a me, e a lui io sarei connessa?...

XIII

Gli stenti dell'uomo sono infiniti! - Povera, sofferente amica mia! Ora credo che tu sia infinitamente infelice. Posso ancora sentire le tue parole mentre racconti la tua storia.
"Mio padre (a suo dire) era il capo ufficiale del bestiame del conte **. Oltre al suo alto stipendio, aveva anche una grande entrata. Lo sfarzo e l'infinito esercito di cupidi di tutta la città stavano presso di noi. Tra i suoi molti figli io ero la più giovane.
Ero superba, confidando nel grande vanto di mio padre; le mie immaginazioni sconsiderate vellicavano l'impossibile con il suo amor proprio. I giovani più belli e ricchi del nostro paese della nostra campagna corteggiavano intorno a me. Il mio cuore guidato dalla mia immaginazione infantile, non provava altro che il piacere di sfrenati passatempi. Ridevo della collera e circa l'amore conoscevo solo il suo nome.

Mia madre era nobile di nascita, il suo amore per me desiderava anche per me un tale matrimonio. La società borghese non poteva proprio meritare nemmeno uno sguardo molto gentile da parte sua. Le sue grandi immaginazioni avevano preso anche le mie e mi aveva completamente stordito. Tutta la mia felicità dipendeva dalla luce esterna - il rango e dal nome.
L'uomo non mi veniva nemmeno in pensiero...Il bel cielo così ha stabilito che trovi i due in una volta.
Il barone ** essendo povero, all'inizio forse venne da noi nella speranza di un matrimonio utile, ma poi s'innamorò furiosamente. I suoi modi indescrivibilmente gentili, intelligenti, la sua bella guida e il suo modo maturo, ma soprattutto il mio amore ardente verso di lui da improvida sconsiderata hanno formato un buona e chiaramente amante fanciulla, e alla fine una moglie devota...La felicità celeste è stato il mio quinquennale matrimonio. Queste lacrime scorrono alla sua memoria e non sono affatto lamentele contro il cielo. Chiunque mi abbia permesso di essere oltremodo felice per cinque anni, non posso lamentarmi contro di lui se non lo sono adesso.
Mio padre è morto dopo non molto. Il suo patrimonio ritenuto grande, dopo il pagamento dei suoi debiti era piccolo. Tra molti dei suoi figli, questo rimanente, diviso, divenne molto, molto piccolo. Mio marito, che mi amava anche senza trarne profitto e che non mi ha preso per motivi, lo so; non si aspettava questo risultato accidentale, ma lo tollerò e non me lo gettò mai negli occhi.
La carica regale, che ricopriva, nutriva più esiguamente che lo squallore[17]. Non abbiamo potuto fare abbastanza di contro alle incomprensibili e infinite *praetensio*[18] del grande mondo, spesso abbiamo dovuto ricorrere a piccoli debiti. Ha aspettato, ha lavorato al suo progresso questo buon marito, che si meritava così esemplarmente, ma in mezzo a queste speranze, tifo lo ha staccato da me e dai suoi figli.
I nostri prestiti ci premevano spietatamente. Ho lasciato i miei pochi soldi a quelle mani dure. I miei primi sentimenti del tempo non se ne andarono del tutto, il mio cuore abituato alla luce esterna il rossore della povertà non poteva smettere in città, e sono venuta qui per seppellire il mio cordoglio ed essere almeno anonimamente povera. Ma, mia cara amica! non è tutto ciò che ha fatto male! La mia educazione è stata alta e ricca, tagliata su misura per la felicità che

[17] Le cariche presso la corte nel XVIII secolo significava un salario esiguo.
[18] pretese

dura in eterno; mettersi a servizio - oh amica mia! non riesco a prendere abbastanza forza in questo cuore orgoglioso per riuscirci...Le cose più necessarie mi finiranno domani. Io!...ma non posso vedere i miei figli morire di fame senza dolore mortale...Oh, io sono la creatura più povera con i miei assai miserabili figli!"
Perché non sono ricca io?...Dio mio! perché non mi hai benedetto con il talento, gli avrei dato tutto...Cosa desidero? Se posso desiderare: Dio! aiutalo tu...in modo da evitare di arrossire accettando una buona azione.-

XIV

Così dolcemente soffrire; essere triste, senza che tu lo sappia - perché?...preferire la solitudine ad ogni divertimento; per essere felici di essere soli presso laghi chiari, sulle rupi e nelle foreste oscure, suggere tutte le delizie solo dalla dolce natura o per richiedere la compagnia di una sola anima, alla quale potrei dire tutto, e che accetterebbe tutto questo...Cosa, oh, cos'è questo stato? Qui i piaceri del paradiso si fondono con i tormenti del luogo delle pene…

XV

Quanto più leggere da allora le sofferenze, sicché quelle ho potuto versare fuori. Con la mia amica piangiamo, insieme ci lamentiamo. Oh, se mi rimettessi nella sua vecchia condizione, quanto era felice lui allora, e quanto è infelice ora...Ma comunque, ecco non so niente di un buon giorno - Il suo Károly (chiama il suo ex marito più volentieri), se le lo dipinge, disegna con colori vividi e quasi visibili, io lo vedo, lo riconosco e amo io lui!...se toglie questa unità, il fondersi nella sua anima e nel suo pensiero, quei piccoli, ma così soavi, piaceri casalinghi, i suoi sentimenti sconfinati, quei sentimenti appena tangibili e tuttavia enormi - penso che vivo, penso che io sono. Dico felice la mia amica perché ha sperimentato la felicità e infelice me stessa, perché ecco io non so mai nulla di una buona giornata.

XVI

E anche collera versano anche in questa mia piccola gioia. "Non serve una vezzosa compagnia a te, dicono che ti stai già unendo ai mendicanti." - Mio Dio! perdona loro questa bestemmia, quella coraggiosa miopia, che vuole incrociare le tue vie, e fa la tristezza una causa di disprezzo. Non pulsa un tale cuore sotto molti cari tetti, come presso questa signora e ma così veramente pulserebbe questo cuore sotto il caro tetto?...Questo mendicante dal cuore caldo è più gentile per me della vostra fredda, vezzosa superbia…

XVII

Perdonami, natura, se ti ho dimenticata per un po'. Credo che il sentimento di amicizia sia molto vicino al sentimento delle tue bellezze! Sei bella tu, anche allorquando abbandoni le tue grazie. - L'abbondanza della mi piccolo rifugio si sta assottigliando, lentamente perde già la sua corona verde, e allorquando scrivo così, una foglia gialla appassita lamentandosi e dicendo addio cade sotto la mia *penna.* Sui morbidi sentieri si sente il triste scricchiolio delle foglie secche cadute, che agita il vento autunnale del deserto...Con una chiacchierata solinga l'uccello crepita sul ramo nudo e spogliato, sotto le cui caverne segrete con la sua compagna del felice periodo primaverile ha percepito e cantato l'amore. È arrivato il giorno natale della primavera.-
La tua amica si separa da te con cuore pesante, e con cuore più pesante si permette di rinchiudersi in una compagnia più stretta di persone. Il ricordo dei tuoi dolci piaceri, bella natura, ti conforti quando tu riposi: la speranza del loro arrivo ti rallegri quando le persone sono amareggiate!...

XVIII

Nella mia amica ho trovato un'insegnante. Quali molte e sconosciute verità sento dalla sua bocca. Ha visto le azioni degli uomini, conosce i giudizi e le usanze del mondo. La sua vasta esperienza è una scuola importante per me qui nel mio angolo a parte...I miei desideri stanno iniziando a diventare realtà! Quello che sta succedendo oltre i nostri confini, lo sento da lei. Come sono le persone tra altre circostanze, quelo lo imparo da lei. Anzi pure me stessa, che con me stessa non ero concorde, me stessa - questa grande storia - a me stessa non potevo dimenticare, conosco meglio, accetto meglio. Un nuovo mondo, un nuovo livello di gioco si è aperto davanti ai miei occhi, e io - oh, quanto mi fa sentire bene in questo nuovo, poiché quel che è stato finora è così insopportabile.

XIX

Come scroscio cade fuori, come sbattesse un vetro. Cieca oscurità giace sul villaggio. - Come dolcemente cade la conversazione in questa stanzetta angusta nel mondo ammiccante, debole, come squisitamente cade qui da dentro ascoltare il gorgogliare della pioggia e stringermi con la mia buona amica...Nella mia infanzia, in simil sera se le ruote del filatoio facevano rumore, e la mia balia raccontava cose bruttissime, io invece timida aggrappandomi a lei, temevo anche di guardarmi indietro, eppure ascoltavo così felicemente; - È così che mi sento adesso! particolarmente si alza il mio petto; le vagamente percepite sue immagini del futuro fluttuano davanti a me. I piccolini dormono; la mia amica fissa gli occhi sull'immagine del suo Károly, e dedica il suo ricordo con un lento sospiro.

"Oh, amica mia (mi prese subito la mano con grande foga), il tormento e la bellezza confinano e si incontrano in ogni battito di ciglia. L'amore è il tetto più alto della felicità, ma può trasformarsi nel più profondo precipizio dell'infelicità."

Quella è stata la prima parola che ho sentito sull'amore. Questa foga che non potevo esprimere a me stessa, mi sentivo che vive in me. Divenni attenta.

"Si avvicina al momento, dove sperimenterai questo sconvolgimento del cuore. Si lasci richiamare dalla sua amica più esperta ben presto. Non sono nemmeno io così insensibile né così invidiosa da proibire ciò che ha reso felice la parte più bella della mia vita. Ma - sappia ancora questo! La segretezza qui è fuori posto, e nasconderla è solo un motivo in più alla sua voglia.

Timidamente abbassai gli occhi e aspettai con desiderio interiore che continuasse il suo discorso.

"Se mi chiede: 'Cos'è l'amore? a malapena posso dirlo, sebbene l’abbia sentito così vividamente. Dirò poi molte cose di lei, a non crederei che capisca, fin quando non lo sente dentro se stesso. In molte parti sarò inafferrabile ora, ciò che a quel tempo così chiaramente capirà. Ma prima del tuono che romba da lontano, non è inutile cercare rifugio per tempo. Il suo arrivo non è sicuro, ma il suo avvento certo. Impugni le armi, mia cara! Con la buona determinazione dell'intelletto, affinché lei possa aspettarlo senza pericolo."

"Non abbia paura di lui, non scappi davanti a lui, ma faccia attenzione. Uno scopo principale della sua presenza qui è l'amore: ma l'amore può anche essere il mezzo principale della sua infelicità."

"Non è un temperamento malizioso; la buona natura l'ha instillato nel suo cuore. Ami! Ma secondo le leggi della natura e del buon senso; l'amore è buono! - ma l'amore cieco è pericoloso."

"Questa dolce vertigine, questa ottusità accecante del cuore non è in nostro potere. Non dipende dalla nostra volontà che amiamo - ma la saggezza può impedirci di amare chi non ne vale la pena."

"Trovo dentro di lei migliore formulazione e più corretto pensiero, mia dolce amica, piuttosto che la confonda tra il numero di ragazze che non conoscono questo impeto dal lato più nobile, il cui ogni desiderio è il marito, e tutte le paure la lunga e la vecchia verginità, le quali senza alcuna considerazione sono le prime presso le quali si trova cibo, e grazie alle quali possono scrollarsi di dosso i poteri dei loro genitori, si mettono tra le loro braccia. queste senza cervello, che scelgono i loro mariti senza averlo veduto preventivamente, e dopo il matrimonio iniziano a conoscerlo. Imperdonabile imprudenza! mettere la felicità di tutte le vite sotto l'ordine cieco di un'ora..Oh, amica mia! non si vergogni di pensare in se stessa di questo momento urgente della vita, non si vergogni di parlarne con me..."

"Consideri con quale marito pensa che sia più felice; cosa immagina di quello di cui soddisfa tutte le parti dei suoi desideri. Faccia un'immagine vivida per se stessa e - ora, allorquando l'accecante nuvola di foga non l'inganna, metta alla prova quell'immagine con un cuore freddo e sincero; se ha fiducia nella mia mente e nella mia franchezza, la metta anche sotto la mia pietra di paragone; sia fiduciosa con me e non nasconda nulla...così se questa immagine rimane, rimarrà così - non perdoni un piccola caratteristica che si discosti da essa. Cerchi realtà simile a quest'immagine: cerchi e troverá!..."

XX

Irrequietezza fu la notte che seguì quella sera. Mi strizzò il cuore l'insegnamento della mia amica. Vidi risvegliarsi molti movimenti incomprensibili dei miei desideri. Molti dei miei sentimenti vaghi contemporaneamente, come davanti a me dal nulla tamburellare...Un'immagine intrecciata con molti dei miei sogni aleggiava davanti a me, la cui replica fedele non avevo ancora trovato tra i figli degli uomini, che è stato addestrato nel occultamento del mio cuore, che percepivo solo piano, e che potevo dipingere me per me stessa solo ciecamente. Il mattino mi sorprese sveglia...L'abitante della valle stretta e solitaria, quando si arrampica per la prima volta sulla cima del monte che lo circonda, vede l'area che si estende sotto i suoi piedi, guardando la campagna e gli oggetti coperti nel chiaroscuro della distanza come contempla ombre, una grande infinità e confusione s'aprono davanti a lui, guarda, vede, ma non fa distinzione.- Io adesso sono così!-

XXI

Il vento del mattino soffiava gelidamente dopo la pioggia. La brina ha distrutto i germogli dei raccolti e dei fiori, ha coperto di triste nero le sue triturate vittime...L'aria era fresca; l'allegria risucchiava ogni respiro. Sono tornata a casa di mio padre con una guancia allegra; prima ancora che fosse il momento di arrossire per passare la notte fuori casa sua, baciandogli le mani, causai il vapore che cadeva veloce giù per la mia assenza.

-Quale signora è quella che non conosciamo tutti e con la quale fai amicizia, o tu nemmeno conosci, o cosa ancora?

-Se me lo permettete, signore padre mio, il piacere. Scoprirete che merita il rispetto.

-Che tipo quindi? Chi era il suo signore? Di cosa vive? Di che genere discendeva!...

Resta nel tuo isolamento, donna inestimabile, qui non vedranno il tuo cuore.

XXII

"Non scappi dalla compagnia, mia dolce amica, ma non metta nemmeno tutta la sua felicità nel divertimento della socializzazione. Lunga vita a lei - ma anche agli altri. Oh, so io, quanto dolci le gioie della solitudine. Sarei sua nemica, non sua amica, se volessi privarli di questi, che sono così cari a ogni cuore che sente tutto, ad ogni bellissimo cuore. Ma si disabitua il cuore nella solitudine, ci coccoliamo e rendiamo senza peso i piaceri della compagnia. Ci sono ancora molte buone anime, con le quali andiamo d'accordo sul sentiero della vita, oh! che è bello con quelli girovagare attraverso la vita con mano amica...Ci sono persone con cui si possono trascorrere non giorni, ma ore piacevolmente. Nella solitudine, il cuore si stringe e si incaponisce...però, anima mia, amica mia! noi donne povere siamo sna volontà, almeno dobbiamo essere senza di essa se amiamo la nostra stessa pace; siamo create per qualcos'altro, non per noi stesse, dagli altri, e non siamo niente in noi stesse. - Accetti l'invito dei suoi coetanei. Si rallegri finché ha tempo. Si guardi intorno e mi creda ovunque troverà quelli che sará felice di trovare ". Così l'incoraggiata mia amica, allorquando tra i miei compagni ha festeggiato l'onomastico di uno e ha invitato più volta al ballo anche me...Con uno scherzo indicibilmente gentile e sorridendo, si è lasciata andare così: "Cerchi, e troverà! Dio la benedica! (Baciando e con una minaccia scherzosa) Mi arrabbio con lei, mia cara Fanni! se non porta il suo cuore a casa sano e salvo."

XXIII

La giornata è trascorsa nei preparativi. Ai miei fratelli hanno messo tutte le loro cose preziose la loro madre. Ho servito intorno a loro; i loro belletti portarono via così il tempo che ne rimase poco per me, e siccome erano irrequieti, e di quale piacere nulla avrebbero lasciato andare...Non lo nego, qui si infervorò il mio amor proprio: perché dovrei tirarmi io indietro? perché dare loro tutto e niente a me? - Oh, immaginazione, la tua scrittura è sempre curativa. Non c'è solo un modo per accontentare. penserei con umile astuzia dentro di me, sia vostra quella strada: diventate ciechi! la luce non è un fastidio, la decorazione non è bellezza. Io scelgo la semplicità...Ho tirato fuori un vestito bianco, pulito, i miei capelli nel loro colore naturale, ordinati senza diligenza, una rosa infilando al posto di tutti gli altri ornamenti, una fascia per cintura in vita - e così fui pronta...

XXIV

Era il crepuscolo, allorquando ci avvicinammo al castello. Il mondo delle innumerevoli candele si librava in aria davanti a noi. Il rumorio silenzioso e basso della musica, come l'ombra di un sogno mattutino, risuonava da lontano davanti a noi. Mi sentivo straordinariamente. Il mio cuore batteva contro la mia volontà. Paura e qualcosa che non so cosa, mi soffocava. Ho rimproverato dentro di me la mia timidezza e la mia vergogna contadina. Pensavo che la folla facesse orrore, e mi feci coraggio...

Arrivammo. Corsero davanti a noi i miei compagni, che erano fuori di sé per la gioia: "Ecco, il mio Signore, ha realizzato sua parola prima del carnevale! saremo allegri; vero, signorina Fanni, sarà lieta con noi? Ce ne sono molti, molti qui! Anche dalla città sono venuti alcuni..." così chiacchieravano dolcemente, e a causa mia si sono dimenticati della mia matrigna e delle sue figlie. È un peccato imperdonabile!

Entrò nel palazzo con una guancia sgradevole. Mi sono violentata per essere allegra. "A cosa attribuire, non so, il nostro aspetto ha suscitato attenzione. Circondata dai miei coetanei e da tante altre persone, subito alla porta mi sono staccata da mia madre...ancora non potei nemmeno rimettermi insieme, allorquando la mia sopravveste si spogliò da me e dovetti ballare.

Il movimento della danza, la circolazione più veloce del sangue, vari oggetti, la rarità, la novità e la musica mi rallegrarono. La mia gioia ha affascinato anche me, e cosa che non ero da molto, divenni felice. Amoreggiai, scappai con i miei coetanei. Risi, cosa che raramente faccio, con tutto il mio cuore. Quanti peccati imperdonabili, per i quali presso di sé la mia matrigna mi aveva imposto di abitare da lei...

XXV

Mi stancai. La moltitudine di persone e oggetti aveva mandato in frantumi la mia immaginazione, che non aveva ancora trovato un luogo di riposo. Mi sedetti ed ebbi un po' di tempo per guardarmi intorno. Ma - Oh! visione che ha perforato tutti i miei tendini come una fiamma, visione che ha riempito ogni punto della mia vita...Un giovane! oh - che giovane! Appoggiava la schiena contro la finestra, univa le due braccia ed era immerso nel pensieri. Il mio sguardo vagabondo, guardava dappertutto, barcollava, e di nuovo - potentemente, al di là di ogni forza tornò a lui - all'incomparabile. La mia faccia bruciava di rosso fuoco e il mio cuore batteva terribilmente...Mi guardò...Cos'è quello che mette il Creatore in uno sguardo? Questa parola senza alcun suono, questo discorso penetrante, significativo e che supera ogni suono, che sta sotto uno sguardo...Oh, questo sguardo, lo sento! in tutte le mie spoglie, cosa diceva questo sguardo, e non posso dire…

Il mio cuore si è spezzato davanti a lui che non ho visto, e ora a prima vista riconoscevo come mio, che il mio cuore ha gridato forte e intelligentemente: è lui quello! Tutto è scomparso davanti a me, il mondo intero intorno a me è diventato niente, l'ho visto, l'ho sentito, solo questo desiderio desiderato. -

Esitante, la sua guancia coperta da un debole rossore, come usando violenza a se stesso, viene da me...Oh, Dio! il cielo e la terra giacciono su di me. La gioia, la paura, felicità, terrore: ogni singola emozione fiorì in me. Cosa disse, non so. Cosa io dissi, quello nemmeno so...Ho fatto mille errori, mille fastidi nel ballo - finché potei tornare in me.

XXVI

Chi è questo estraneo che appare rapidamente come una realtà celeste e il mio cuore sorprende, questo sconosciuto che così completamente mi occupa. I giovani erano più belli dei belli davanti a me, non si palesavano nemmeno nella mia mente, innumerevoli persone cercavano il mio favore, io ancora non ero partita...le mie vene pulsavano tranquillamente, il mio cuore si sentiva, come se non avessero mai vissuto, non lasciarono una traccia nel mio ricordo...Questo meraviglioso sconosciuto appare, e con affascinante, misteriosa forza mi lega a sé. Il suo sguardo mi scioglie, il suo tocco riversa fuoco sul mio viso - e sul mio povero cuore. Guardo timidamente ovunque perché temo di essermi giá forse tradita. Non oso guardare nessuno negli occhi, perché temo possa leggere il mio segreto nei miei occhi...Non oso nemmeno chiedere - perché troverebbero il motivo...oh, chi è quello sconosciuto?

XXVII

Teréz, nel giorno del cui onomastico ci siamo divertiti qui, viene da me[19]. "Di nuovo è triste. Sei ancora dell'umore giusto?"
.Sono stanca, anima mia, Tercsam[20]! Non triste."
"Quel T-ai Józsi sta balla gloriosamente. Vero? Vola come il pensiero. Usa il tatto come un maestro. Ecco poi, chi viene dalla città...Questi qui camminano lentamente, dove il mio strascico strappano con i loro speroni, dove mi pestano le dita dei piedi come se fossero ubriachi, dove mi picchiano le ginocchia, dove sbattono su altra coppia, e poi il mio cervello salta fuori...Ma lui prende in aria la sua ballerina, si crederebbe che nuota? Vero?
"Ma chi è quel T-ai?"
"Quello con chi ha appena ballato. Suo padre è un capitano. Ci conosce bene dalla città, perciò è uscito con gli altri."
È stato invitato a ballare qui.
Io sono una creazione infantile, io! - Ammetto la mia debolezza...Lacrime soffocate, il mio cuore si è trasformato in piombo, e poi si è strappato perché ho visto - Piace anche a Teréz. Oh, se qualcun altro gli parlava sdolcinatamente, come doleva fin dentro al mio grembo, quando diceva una cosa a qualcun altro, come avesse spezzato il mio cuore!...

XXVIII

La notte volò via su ali veloci e sfarfallanti. Le candele si spensero lentamente; le loro fiamme deboli e lampeggianti come prendendo forza afferrarono l'ultimo loro piccolo mondo. Gli occhi si appesantivano, le coppie si diradarono, il palazzo si allargò...Oh, breve, brevissima notte! perché non hai legato adesso le tue gambe di latta, con le quali tante volte hai giaciuto intorno a me, e tignosamente hai ostacolato l'alba!...
Come una *sentenza* di morte, mi risuonò nell'orecchio il - preparati! Misi insieme il mio sopraveste trainandola, e in questa mia occupazione fedele e affettuoso aiutante fu T-ai…
"Come la carne dall'anima, così mi separo dalla giovane donna!" - disse questo, e il dolore si dipinse visibilmente nei suoi alti occhi bluastri.

---

[19] Potrebbe quindi datare gli avvenimenti al 15 Ottobre.
[20] Diminutivo di Teréz

Tirai allegria sul mio viso con grande forza, e anche se ero quasi riluttante, tirai sorriso sulla mia bocca e scherzosamente risposi: "Il signore crede nella risurrezione?..."
Un po' sorpreso, ma mettendosi insieme e la mia mano baciando con foga: "Se la signorina sperabilmente permette - credo."
Ho affondato il mio braccio sotto il suo braccio e l'ho tirato via in modo amichevole, dicendo: "Chi crede, sarà salvato...[21] Andiamo!

XXIX

Il carro rumorreggiò sotto il cancello e il mio cuore tremava!...Tutto fu soppresso dopo poco tempo nel cocchio dal sogno, solo io ero mi svegliai. Di fronte a me la sua ombra fluttuava sempre, il suono della musica risuonava nel mio orecchio. Ogni suo movimento, voce, giravolta erano davanti ai miei occhi. È stato difficile per me e il mio flusso sanguigno era irrequieto. La rugiada del mattino tremava come l'ondeggiare interiore del mio temperamento...Ero già sdraiata nel mio letto, e sempre in questo stato mi rigiravo; davanti a me ballonzolava l'abbondanza di immaginazione, e in questo stato travolgente premeva l'assopimento - in cui vedevo ancora sempre solo T-ai...

XXX

L'intera giornata scorre disordinatamente. La mia testa è pesante per l'insonnia, tutti il mio corpo era sconvolto dalla lentezza e il mio cuore si era ancora e ancora stretto. Che ne sarà di me?...Lui forse nemmeno la metà sente di quello che prende me fuori di me stessa...Se lui - solo per abitudine, mera compiacenza, solo avesse mostrato, ciò che non sentiva...Oh, se forse solo aveva scherzato con me, con una povera inesperta...suscitò in me una fiamma selvaggia per ridere dei miei tormenti; ha fatto la compiacenza di coltivare la sua amorevole gentilezza; si è rivestito il viso del mio amore per poter passare una notte senza annoiarsi; e ora - forse ora, quando io qui rifletto, quando mi preoccupo di me stessa, riceve gli stessi consigli da qualcun altro...Lontano da me, lontano, paure terribili! Se avete detto che è vero, oh, allora la mia morte è più certa del certo.

---

[21] Citazione da Mc 16,16

XXXI

No! La finzione non può mentire così artificiosamente...Che dolce fuoco rifulse nei suoi occhi, che forza, che tagliente influsso vi era nelle sue frammentarie parole, in un arrabbiato grido, che splendido turbamento nel suo non coraggioso balbettio, che indicibilmente attraente volontà nei suoi profondi sospiri, quale segreta e convincente fiammata nel pudico suo diventare rosso! che lacrima vittoriosa tremava nei suoi occhi, quando si separò, quanto affezionata era quella pressione della mano, quando salì in carrozza - no! Il recitare non è scimmiottamento così naturalmente - e se questa era la sua maschera, da mostrarti te stessa in veste da notte, benedetta verità?

XXXII

Densa è fuori l'aria, i fiocchi più affrettatamente cadono, e accrescono la neve, che di notte ha coperto la terra...io sulla finestra fantastico, e i miei occhi seguono i cadenti fiocchi di neve...I pensieri sono tutti usciti da me, perchè solo un pensiero, enorme, come un mortale dolore, che mi occupa, come la speranza anelante, forte, come metallo e dolce, come una bellezza paradisiaca, un pensiero mi è rimasto ancora, e questo è il pensiero - Lui.

XXXIII

Viene un ospite, Fanni! mi ha gridato mio cugino. "Molte slitte piene di uomini stanno davanti al portone"
Già anche il desiderio di novità mi ha lasciato. Come se mi avessero spinto, e appena ho potuto, anch'io sono andata dietro agli altri, ma i miei pensieri tutto da un'altra parte battevano come un fabbro. Uscii dalla sala da pranzo, per accogliere gli ospiti, beh - come il fulmine e come la presenza di mezzanotte, inaspettatamente e inesorabilmente stava davanti a me - T-ai. Quasi mi scoprii, e ho dovuto causare l'insonnia notturna al mio giramento di testa.

XXXIV

È qui che è iniziata la nostra conoscenza con la nostra casa. Ha occupato i cuori di tutti, ha legato tutto a sé. Si è dato da fare a piacere a mia madre e - le è piaciuto. Ha ricolmato i miei fratelli di gentilezza preventiva e - ha acceso speranze; - perché sembrò dimenticarmi e solo cercare il piacere di quelli...all'inizio mi ferì questo mettermi indietro, ma alla fine sono stata travolta dall'intelligenza...perché oh! vidi bene da me stessa che evitiamo diligentemente le persone che amiamo...Parlava a mio padre di cose nazionali, sussurrava segretamente uno o due aneddoti e con una deprimente raffigurazione dello stato della Nazione dei grandi del Paese, che ogni calzolaio della città conosce, con grande diligenza e pure con un volto così serio ha raccontato - e allorquando se ne andò, furono tutti più o meno concordarono nella sua lode...I miei fratelli dietro la schiena gracchiando lodavano i suoi scherzi e arrossendo dissero: "Questo è un bravo promesso!" Mia madre giudicava con voce ottimista e con lo sguardo criticava: "Conosce l'umanità!" Mio padre, proprio con uno sguardo altrettanto pesante, come quello con cui lui aveva parlato, affermò questo: "Un giovane istruito e non ha conoscenze umili!" - Il mio cuore batteva di orgogliosa soddisfazione questo: "Il mio T-ai non ha pari!"

XXXV

La noia ha ferito i miei compagni. Al tumultuoso piacere della città addomesticati immaginati pianti e carceri figuravano nel silenzio campestre. Per questo hanno moltiplicato, come le folle poteva esser stato, intorno a loro la folla. Se il cortile era pieno di carri, erano sul tetto più grande dell'ilarità. S'abbracciavano con quelli che venivano dalla città per passare alcune settimane con loro, fuori. Sono stato anche iscritta pure io nella lista degli ospiti. Fino ad allora aveva implorato attorno a mio padre, fin quando lo concesse, che pure io con loro e presso di loro passi un po' di tempo...oh povera. amante della solitudine, ragazzina, cosa fai tu là nel temporale vorticoso? le mie gioie non sono come le vostre!...Ma immagino che passerò un po' di tempo con lei, attorno a l ei. Anche T-ai sarà là...

XXXVI

Ancora un giorno! ancora uno! Poi viene da me Teréz, poi - lo vedo...- Infingarda eternità! perché strisci tanto lentamente da non arrecare sofferenza(?)!! -

XXXVII

Piena delle storie di questi giorni, sono corsa dalla mia amica...le ho raccontate con meticolosa diligenza. Ha notato!...Ho dipinto T-ai con un pennello fiammeggiante. Ha sorriso...ha scosso la testa con uno scherzoso rimprovero - io arrossii...minacciai con il dito - Ero imbarazzata. Ma allorquando ha messo la sua mano sul mio cuore con un malizioso esame, se batte o no mi sono coperta gli occhi.
"Ti sei tradita, buona ragazzina! Vero, hai perso il cuore?"

Sono caduta tra le sue braccia e ho nascosto la mia guancia nel suo grembo.
"Quel che è successo, chi lo cambierà?"- Già ribolle nelle tue vene il fuoco dolce, non sarà più soffocato dai miei pensieri freddi...Ma no - mia dolce Fanni! Non voglio nemmeno soffocarlo. Uno a uno te ne chiede la tua amica, accettalo per me! "
"Tutto! Tutto!"
"Ora andrà via. dova lui va. Sarai con lui, starai da lui. Sii tutt'occhi! - o meglio io starò attenta al tuo posto. Non nascondermi niente; sentiti libera di scrivere, e scrivi la condizione del tuo cuore. Io sarò quella mano dominante che ti salverò dall'inciampare. Sii diretta con me."
"Così diretta, santo il mio pensiero, come al mio Dio, allorquando riverso il mio cuore davanti a lui nelle ore della mezzanotte. Mi guidi! Insegni! Io sarò ricettiva della parola!"
"Questo bacio sia il sigillo della nostra amicizia e accoglienza. Scrivi spesso, liberamente e diretta. Il tuo T-ai amo perché anche tu lo ami."

XXXVIII

È giunta Teréz, ma ahi! Lui non è venuto con lei!...Incertezze tacete! Via di qua! via! prima che io possa vederlo...

XXXIX
FANNI ALLA BARONESSA L-[22]

DA R-C 28 DICEM. 17.

Insolita, nuova compagnia c'è intorno a me, mia dolce amica! Il mio solitario silenzio di casa come un leggero sogno mattutino ha preso il volo...e mi sono svegliata in mezzo a una folla rumorosa, affollata. Non nego che difficilmente mi posso lasciar andare a questo cambiamento. I miei occhi timidi non possono apprendere questo girare libero e senza imbarazzo. La mia faccia non può dimenticare il rossore. La mia lingua abituata all'ascolto segreto a quelle chiacchiere gentili, a quella vuota botta di suoni, che il grande mondo vuole da noi come caratteristica di una piacevole compagnia, invano! semplicemente non riesce a partire...È come se fossi schiacciata, così mi sembra. Per me qui ogni mio sguardo qui è grande sacrificio!
Lo so io, mia innamorata amica! che viviamo per le persone, e dobbiamo convivere con loro...che vogliamo il vivente mondo intero intorno a noi portare a nostra misura con grande follia e crudeltà.
Mi dico mille volte di non cercare tutto in tutti. Eppure cosa ci posso fare nulla comunque, che non mi posso spogliare di quell'ansia che mi circonda in compagnia?
Oh, quale altro sono io specialmente. Come una qualche serratura forte, così mi cade dal cuore quando sono con coloro che amo. Il mio cuore e le mie labbra si aprono...ecco. qui una confessione[23] del mio peccato. Oh, se solo questo fosse il più grande!...
Ma - sono piena di rimproveri verso me stessa. Lui che mi vergogno a chiamare, T-ai è completamente occupato...Che io stia attenta, sia tutt'occhi, lo metterei alla prova! - Oh, mia amica del cuore, dove dovrei portare io quella forza nei venti di queste foghe, nel quale mi sto contorcendo. - Quante volte mi sono già tradita? Non ho lasciato non corrisposto nemmeno lo sguardo di un aspirante. Non un solo sospiro inconsolato...Se avessi lasciato i miei occhi su di lui e volevo ritirare la mia sbadataggine, strizzavo uno sguardo freddo, si arrabbiava - e me ne pentivo di nuovo, e mi facevo più obbediente di quello, nella cosa in cui mi ero imbarazzata - arrossivo - non trovavo nemmeno il mio posto...Ahi! sa lui più che certo che lui - segue

[22] Più propriamente sarebbe "alla moglie del Barone L-"
[23] Termine preciso mutato dalla religione cattolica.

soffia sulla mia guancia mentre scrivo questo! - sa lui che io lui - amo.
Ma con che rispetto, con che foga trattenuta si comporta!...Questo, solo questo, merita che io lo rispetti. L'amore è dipinto in ogni suo movimento; questa dolce scintilla di pericolo si irradia da ogni suo sguardo - e lui tace, con tacere timido, rispettoso e dolente...
Mi piace questo tacere! - Ma mia cara amica! Ecco di nuovo un mio errore. Questo tacere mi provoca mille sospetti, mille dubbi. Lo apprezzo per questo suo comportamento, ma - che negazione! il mio cuore vorrebbe che rompesse questo tacere...
Ora è entrato...vedendomi occupata, si fermò, e chinando la testa voleva ritirarsi.
"Forse faccio arrabbiare?"
"Sto scrivendo ad una mia amica che mi perdonerà se prende la mia scrittura più tardi di un batter d'occhio..." e perdonami, signora dall'anima obbediente! - io ho messo da parte la lettera.

XL
FANNI ALLA BARONESSA L.

3 Gennaio 17.

Mi hai lasciato con lui l'altro giorno; Ho lasciato la tua per la compagnia di T-ai...Oh, che differenza tra queste due compagnie una dall'altra! - Con valanga frana la parola sulla mia bocca quando sono con te, brava signora!...E se ho anche chiacchierato con te fino a mezzanotte fino alla stanchezza, non ho parlato ancora fino alla soddisfazione. - Ma guarda, come stavo con lui!
Ho fatto cenno a una sedia che prenda posto su di essa. Quella sua gentile mancanza di coraggio, quella lotta con se stesso, quella violenza che il suo volto tradiva, incatenò le parole...diventavamo muti...anch'io cercavo il pensiero, e quello fuggì via davanti a me; il suono e quello si bloccò in gola. Ma non ho iniziato a parlare del tempo.
Volutamente con ritardo ho ripiegato la lettera che ti ho scritto, solo per fare qualcosa...poi ho tirato fuori il mio lavoro - eppure non riuscivo a pensare a niente.
Sul tavolino, che stava accanto a lui, giacevano gli *Idilli* di Gessner[24].

[24]Salomon Gessner (Zurigo, 1° aprile 1730 – Zurigo, 2 marzo 1788): poeta e pittore svizzero. L'opera cui si riferisce l'Autore è contenuta nel *Geszner' Idylliumi*, arrivata in ungherese già nel 1788 ad opera

Lo ha sfogliato foglio a foglio, e in alcuni punti i suoi occhi si sono fermati...Giusto per riempire il vuoto, gli chiesi che leggesse da esso. Se tu potessi sentirlo leggere - ogni parola sulla sua bocca prende vita e potere. Quel fuoco - quella buona produzione di suono ben applicata - a queste sue parole vibranti da uomo - oh, dovresti sentirlo così da poterlo immaginare bene.
E in che maniera adatta ha scelto!
[25]"*Luna pallida, silenziosa! sii una testimonianza dei miei sospiri! - Voi invece, ombre silenziose, quante volte avete sospirato questo: Dafne!" Dafne! dopo di me!...Fiorellini dal dolce profumo! Una goccia di rugiada splende sulle vostre foglie, come una goccia d'amore sulla mia guancia...Oh, però - potessi confessargli che l'amo più di un'ape la primavera...Oggi, sono rimasta vicino al pozzo con lui, ha tolto una pesante orcio e con acqua. "Permetti, fa che io porti questa pesante brocca alla tuo rifugio"! -così direi balbettando."Sei davvero brava", - risponderebbe. Tremando, presi la brocca, e con un sospiro silenzioso gli camminai accanto con gli occhi accesi per terra, e non osai confessargli che lo amavo la primavera piű di un'ape.*"
Qui le sue parole cominciarono a tremare e una lacrima gli tremò nella coda del suo occhio.
"*Tu mestamente declini, tu piccolo narciso, di fronte a me*; *a mezzogiorno sei ancora fiorente, sei già appassito, così, ah poi così appassirò, io giovane pastore, se disprezzi il mio amore.*"
Balbettava e poté dire questo con una parola forzata e singhiozzante. Ha accettato e ha continuato così...
"*Se questo disprezzi, fiorellini, le mie migliaia di erbe, la mia bellezza fino ad ora, la mia preoccupazione principale!...allora appassire senza una mano curativa, perché nessuna bellezza sboccia per me...*"
È arrivato segretamente al suo fazzoletto e si è asciugato gli occhi umidi.
"*L'erbaccia selvaggia soffoca e la tromba ricopre con un'ombra portatrice di peste! - Anche tu sarai là. bel fruttifero, della mia mano piantamento,che finora hai generato il più dolce frutto; tristemente starano poi fuori senza foglia e frutto la tua morta semenza dalla malapianta; io invece sotto di voi passerò il resto dei miei giorni tra*

di Kazinczy Ferenc.
[25] Le parti in corsivo sono la trascrizione di *Geszner' Idylliumi*,(nota precedente),ovvero quello che T-ai lesse a Fanni.

sospiri...Tu nel frattempo, fin quando le mie ceneri riposano qui, vivi con la più perfetta felicità nell'abbraccio di un altro degno marito..."
Poté leggerlo con terribile rabbia, riusciva già a malapena a pronunciare le ultime parole a causa dei singhiozzi. Ha portato via il libro, le lacrime gli sgorgavano; mi prese la mano e ci mise sopra la sua fronte.

E in modo indicibilmente spiacevole mi tormentavo. La compassione verso di lui, la mia propensione verso il mio dentro, in questa svolta inaspettata, questa nuova gentile sorpresa fuori di me mi si attaccarono. Anch'io iniziai a singhiozzare...non ho potuto aiutare me stessa, sono balzata in piedi e sono corsa fuori dalla porta. Oh, ma appena fui fuori, quali orrori mi circondarono, quali desideri!...Sarà tormentato dalla mia volontà! Lui pure si disputerà per la mia offesa...Lui cadendo nel dubbio circa l'ottenimento del mio affetto non oserà anche dire di più del mio amore...La verecondia mi trattenne, altrimenti, non giudicarmi, mia amica del cuore! Avrei voluto aprire la porta in questo batter d'occhio, correre forte dentro, cadere nel suo collo e chiedergli il permesso che prima sono scappata da lui. Oh, cuore! cuore! chi può dipingere i tuoi sentimenti opposti!

Corsi nella stanza di Teréz. Avevo pensato che la compagnia avrebbe risolto il problema. Ma come il fantasma, inseguì anche qui la sua rappresentazione sofferente, disperata o infastidita...C'era una confusione selvaggia e un risentimento dipinti sulla mia guancia, che per mia fortuna non ha notato perché profondamente immersa nella cospirazione di un nuovo abito da cerimonia...Parlava incessantemente, io non udii proprio niente. Sdraiandosi sul divano, con la testa appoggiata al braccio, mi sono seduta qui con gli occhi aperti e - ero presso di lui con la mia anima.

Teréz si guarda indietro; vede il mio profondo dolore...Con una battuta malvagia che non le perdonerò mai, velocemente urla improvvisamente: "Viene qui T-ai!"

Balzai in piedi con un urlo spaventato e forte. Lei mi derise, e io tradita, derisa ragazza non sapevo che fare nel mio imbarazzo.

Poi guardano fuori dalla finestra, beh lui si siede su un cavallo e galoppa fuori al cancello con un forte stridio.

Oh, anche tu mi hai mai amato, amica mia! sai che non dico molto quando dico che sono stata sul punto di svenire.

Sono tornata barcollando nella mia stanza, mi sono sbattuta sul letto, e ho pianto con un singhiozzo amaro.

Se ne era andato! Penserei in me stessa. Forse il suo orgoglio molto sensibile fu offeso dal mio duro, rapido, improvviso comportamento e incapace di sopportarlo fu scacciato dalla vergogna...o forse non sperando nel mio amore, ancora vuole trattare bene, e non vuole darmi la caccia con il suo amore, che pensa mi sarebbe spiacevole. - Forse che per andare a curare il suo cuore allontanandosi, se n'è andato." - Oh, infelice me! Io stessa l'ho cacciato via con la mia sconsideratezza.
Lentamente torno in me, prendo Gessner con le lacrime agli occhi, e leggo e rileggo il luogo indimenticabile che ha letto, e piango di nuovo...Oh, amica mia, aiutami! ora aiuta con il tuo consiglio

la tua povera Fanni

QUEL GIORNO L A SERA TARDI

La pioggia che ti gela lá fuori, il vento spaventosamente ruggiva. Oltre l'una lo abbiamo atteso con la cena. E lui non è venuto. Già qui mi dibatto oltre le due, e ancora non è venuto...Oh, forse, forse non viene mai!

XLI
FANNI ALLA BARONESSA L.

5 Gennaio 17

Fondendo insieme le paure di tutte le mie brutte notti, nemmeno le mie tribolazioni di tutti i tormenti attaccando, non riesco a trovare un'immagine della notte che seguì la notte in cui scrissi le mie lettere...Sogni terribili, immagini brutte e spaventose spiegarono le loro ali di pipistrello sopra di me...Febbricitante era il camino della mia vena, la mia testa pesante e bollente e l'occupazione di tutti i miei terribili sogni - lui...Mi spaventai di me stessa, allorquando mi avvicinai allo specchio. I miei occhi infossati, la mia guancia coperta di giallognolo pallore, e il mio passo vacillante e senza forza...Mi chiamarono a colazione, io chiesi il permesso, e rimasi nella mia stanza. La casa si animò, tutti corsero da me e mi hanno chiesto il motivo del mio cambiamento. Tra gli altri entrò anche T-ai...e, baciandomi la mano, gridò con guard adatto: "Dio mio! Qual è il motivo di questo cambiamento improvviso?"
"Una piccolezza! quel che viene veloce, veloce se ne va"

Senza un movimento stette sopra di me, e sembrò rimproverarsi...Io invece...che altro posso dire? - Sono tornato in vita; i visitatori si sparpagliano. Mi sono sdraiata sul divano in camicia da notte.
Con le braccia unite sul petto, gli occhi sospesi, come un pilastro di marmo, stava davanti a me. Non volevo chiedere dove stesse andando, per non tradirmi - e che sappia quanto lo desiderassi.
"Per l'amor di Dio, mia cara signorina, che problema ha?"
"È un piccolo cambiamento, che tutto sommato non fa molto."
"Questa guancia pallida - fa molto per me."
"Ha avuto un brutto momento a cavalcare ieri?"
"Davvero confessando, io praticamente non lo so. C'era un vento più forte nel mio cuore, e non ho nemmeno prestato attenzione all'altro che si stava riversando intorno a me..."
"Il signore gioca con la salute, ma quella è più facile perdere di quello che pensa".
"Dove si perde la tranquillità, per cosa c'è anche la salute là?"
Detto questo, si voltò verso la finestra e, appoggiandosi al bracciolo, si gettò su una sedia.
Il compatimento - irresistibilmente attraente...Il pensiero che questo giovane incomparabile soffrisse per me...si tormenta a causa mia, dimenticò tutte le poche cure con me, sentii il mio debito stretto alleviare la sua sofferenza, di cui io sono la causa…
Comincio con una leggera scrollata di spalle alle spalle:
"T-ai! Qual è il suo problema?"
Mi stringe la mano senza alcuna paura, se la prende alla bocca con una presa rabbiosa, percepivo le sue lacrime calde cadere su di lui...non ce la facevo più, non sentivo più niente...ma un abbraccio forte, dolce e spumeggiante della pianta dei piedi fino alla testa del suo braccio attorno alla mia vita, la sua bocca, il suo bacio bollente sulla mia bocca - cosa che, oh, sarebbe stato impossibile altrimenti! - Pure io ho ricambiato.

XLII
La STESSA ALLA STESSA

10 Gennaio 17.

Amare - fondersi con un cuore che batte con la stessa voce del nostro; per legare tutti i suoi tocchi, tutti i suoi pensieri, a un'anima fraterna; connettere se stesso con quello, così dolcemente! così indissolubilmente! sentirsi completamente sopraffatti da un'altra creazione - amare! parola inspiegabilmente, sfuggentemente eppure percepita con una tale focosa vivacità...parola che significa così tanto! così tanto che parola non lo può pronunciare!...Perdonami per questa dolce follia. Una volta eri incomprensibile per me - incomprensibile per qualsiasi nnamorato che vede e sente al freddo, fuori dalle incantevoli campagne dell'amore, solo naturalmente vede e sente...Noioso, lo so! il chiacchierare di chi ama. Tollera il mio, mia generosa amica. Si spezza il mio grembo, se non posso svuotarlo…

Ma può cambiare di tanto in così poco tempo quanto sono cambiata io? Cosa ne è stato di me? Se mi vedessi ora, non sono quello che ero! Non mi conosco.

Il mondo intero si è vestito di una forma allegra...Il velo indistinto è caduto, quella copertura svogliata che finora ha coperto ogni cosa...La terra, una volta una caverna di abomini spaziosi, ora è una dolce gioia - no! è divenuta la dimora di bellissime estasi...L'albero coperto di brina, la neve scricchiolante per il gelo - più bello del cespuglio di rose in fiore prima. La fredda mancanza di amore che prima aveva premuto il mio cuore così amaramente, è svanito! amore, bollente, dolce amore è davanti a me ad ogni passo...Ogni animale vivente è mio amico! - tutti i fratelli e le sorelle umani - Potrei abbracciare tutto ciò che è vivo, ti bacerei adesso, e volentieri bacerei anche il mio fratellastro, e anche in quel batter d'occhio in cui mi torturano.

Non trovo abbastanza spazio nel mio cuore per questa foga; vicino ad accettare un tale enorme temperamento!

Cosa sono diventata!...Il mio cuore - oh amica mia, non conosciamo il nostro stesso cuore! Quei sentimenti, quei sentimenti indescrivibili che crescevano in esso ogni ora - non avrei osato immaginare che possano essere dentro di lui...Come il bell'oro nella zolla di terra,

venendo coperto, soffocato fuso. ecco come stavano distesi questi finora dentro di lui. A stuolo corrono davanti a lui, evolvendosi dal loro tumulto, e mi rendono più felice e più felice in ogni momento.
Cos'è questo? - che cos'è l'amore? - Non entrerò nella sua descrizione. La parola è solo un suono vuoto e senza significato. Freddo come il rame che suona ma non si sente; animale morto e rigido. Non basta dipingere gli infiniti, vivi, forti, caldi sentimenti del cuore. - Oh, cos'è la vita senza amore? Terribile, come l'ampio territorio selvaggio, in cui non c'era traccia dell'uomo. Orribile, come il freddo gelido della mezzanotte...Non ha vissuto chi ha vissuto senza amore !

Quella sensazione infinita non è per l'uomo, non per le persone deperibili. Questo corpo collassa sotto il dolce violentamento dell'anima...Un amore così che mi attacca al di fuori di me stessa ai palazzi luminosi del paradiso non può che tenermi tra le gloriose braccia dei morti per sempre. Gli deve essere breve qui sotto, perché la gioia e la felicità duratura senza mescolarsi e l'amarezza non fanno parte dell'eredità di questo mondo.

Mi sono persa! Sono infastidita dal fatto che la mia *penna* non scriva con tratti così focosi come quali con cui questi sentimenti sono scritti nel mio cuore. La lingua è stretta, muta, languida, allorquando le devono essere spiegati sentimenti ricchi e pieni...Non giudicare, oh, anima piena d'amore, lo stato di questo cuore dipinto liberamente.....Oh, così umano - così dolce - così buono amare. - Dormi bene!

XLIII
La STESSA ALLA MEDESIMA

Questo mio stato è uno stato estremamente reale, oh, ma - felice - felice stato. Lo sguardo del mio Józsi è per me un ampio teatro, in cui vedo innumerevoli fantasmi. Una sua parola - un intero mondo, un intero mondo di pensieri in cui vago, e vago con un dolce errore...Ogni piccola cosa vince vanto se appartiene a qualcuno che amiamo. Una pressione di una mano è una storia grande e avvincente...un sorridere una visione che fa tremare il cuore...un bacio di bellezza celeste…

Se scivola via a passi felpati accanto a me, e di soppiatto mi stringe il braccio o la mano, e il dolce calore del suo tocco colpisce attraversandolo tutto il mio corpo - se accade che il mio piede inciampa con il suo e io mi tiro indietro improvvisamente indignata e

lui sorride da parte con un arrossire tranquillo...se sento un cuore in mano, trema, o se la tua pedina nel gioco deve essere innescata da un bacio, e io - io mi sciolgo...Oh, questi non dipinge penna umana.
O se visiti la mia stanza la sera. Leggo nei suoi occhi le sue innumerevoli sensazioni, allorquando passiamo intere ore in silenzio, e la stanza è silenziosa come l'obitorio, e tuttavia i nostri cuori sono così pieni; nel mezzo della fiamma alta della candela, una lunga cenere cresce vagamente - e ci dimentichiamo di noi stessi...Oh, anima mia! cosa dovrei paragonare a questa felicità?
Ogni parola diventa importante, ogni movimento significa molto, dove il tuo battito del cuore è ricambiato da un battito del cuore corrispondente, il tuo sentimento è un sentimento reciproco, l'amore è il tuo amore…
Beh quella dolce inquietudine,, quando scompare dalla mia vista per un po', quando la compagnia me lo porta via, me da lui allontana, è il suo fruscio della ripetizione che è di nuovo più dolce di questo!
Quelle cose immaginate che la speranza dipinge davanti a me sul futuro!...Quell'attesa incalmabile allorquando mi siedo nella mia stanza e ritengo a ogni mormorio come sia suo, entra da ogni porta e a malapena lo sopporto - quando poi sento vibrare fuori la conosciuta camminata, il battito dei suoi passi o il suono della sua parola, e salgo nella testa gongolante del mio cuore. - Ecco che arriva il mio tesoro! eccolo che arriva!...Addio!

XLIV

Mio padre lassù! le tue dita hanno impresso nel cuore dell'uomo la dolce legge dell'amore! Tu che hai creato le tue creature per la loro felicità e che gioisci dei loro piaceri, mio misericordioso Padre indicibilmente e incommensurabile buono lassù! Vedi tutti i movimenti del mio cuore, vedi come e cosa sente questo!...Oh no - non far male tu a lui. tu che tu stesso sei amore! Ti maledice chi crede che tu hai fatto i cuori delle persone sensibili al puro amore, e saresti crudele nei suoi movimenti e gli proibiresti la vita. Maledizione questa, terribile maledizione contro di te, tu completa bontà! - Sii tu giudice del mio amore. Proteggilo da errori e inciampi! Tutto il battito del cuore con cui lo amo è limpido, vuoto di tutte le scorie della carne! Sii un suo aiuto, sii guida del mio puro amore - oh, l'innocenza debole e incurante è così vicina alla caduta!...Tu tienimi il braccio se voglio cedere. Soffia pure sentimenti puri anche nel suo cuore e mantienili costantemente...Dio! Dio! soprattutto, dai un lieto fine al mio amore...

XLV
ALLA BARONESSA L.

L'uomo è il principale nemico dell'uomo...Non c'è gioia pura che non sia resa amara. Come un ragno dal frutto dolce, si arrampicano con le loro gambe disgustose e pungono con i loro orribili veleni...Esca disponibilità da te ecco, e stai certo che uno straniero, una figura nemica, entra nel mezzo del tuo cuore, e lo farà a pezzi. Oh, perché c'è quel crudele cordoglio tra le persone verso le condizioni di cuore degli altri! Ho sognato molto su questo, mia dolce amica! e non ho mai potuto trovare il suo vero motivo!
Quando due cuori amorevoli si avvicinano, e il loro conoscersi si trasforma in una compagnia più calda, migliaia di labbra femminili proclamano, criticano e oscurano le silenziose partenze del tuo cuore...migliaia di gente che guarda occhi e orecchi puntano su ogni tua mossa, e i non amati ti trattano senza pietà!...Così dannata visione è diventato l'amore che provoca una tale ribellione?...È così raro, così innaturale cosa, che l'uomo ami?...Così senza educazione a reso errore che ami, che tutti i dintorni chiacchierino di quello cone di un peccato?... Il cielo li ha accumulati con così poca fatica che sorge su di loro e anche gli altri prendono a sé?...Sa Dio, mia dolce buona amica! ma vedo che parlano di me e di T-ai ovunque... Uh! che occhi mi guardano! A quali istituzioni[26] pensano! quali bugie hanno diffuso su di noi, bugie così orribili che non ho niente con cui confrontare se non il loro fede leggera...Come diventano famelici se possono buttar giù il mio buon nome?...Quale gioia malvagia, maliziosa smentisce da una chiacchiera all'altra!...Oh, cuore mio! forse non vale nemmeno la pena di vivere in mezzo alla gente se sperimentiamo tanti fenomeni di cattiveria!..Sono io diventata che sono sensibile verso i sentimenti di un giovane, che loro zitti zitti tutti mi invidiano, e molto chiacchierona sua figlia a sé, sua madre assai lamentosa la vorrebbe ragazza!...non più di questo! perché credimi, riesco a malapena a vedere la lettera a causa delle mie lacrime, che non posso trattenere accanto alla riflessione

[26] Nell'Ungheria di fine XVIII secolo la parola valeva o educandato femminile o asa di tolleranza.

sull'ingiustizia, che sto subendo ingiustamente... È entrato, è entrato! il tempo della sofferenza; i piaceri brevi e gentili qui sono il tempo, che deve essere seguito da lunghi e amari tormenti! - Non è niente! Soffro per lui, e questo pensiero dovrebbe essere tutta la mia consolazione ...
Come vivi tu, mi a innamorata amica? Come stanno i tuoi piccoli?... Penso molto a te e confesso di parlare molto. So che ti stai coprendo; nemmeno disvelo il tuo segreto, ma per non gioire se qualcun altro intende condividere con me, in modo nascosto che io non dica la tua storia - fai di me quello che vuoi, non lo nego.
La contessa É. è venuta qui con noi in questi giorni e si è stabilita da noi. Abbiamo accolto con piacere questa signora, che è degna in tutto e per tutto...e anche oggi so diverte alla nostra richiesta. Tra le poche persone che rimangono ammaliate a prima vista, scrivo anche questo...Non è l'arroganza umiliante in cui molti collocano i ranghi alti, né la condiscendenza ancor più opprimente e umiliante, che ferisce la dignitosa umiltà, dell'arrogante disprezzo, non quel comportamente violentatore e contro la natura, dell'infanzia disgustosa - no! non ci troverai tutto questo dentro di lei. Quale suo atteggiamento gentile attrae perché prende la sua origine dal cuore. Tutti i suoi sguardi sono intelligenti e dignitosi, tutte le sue parole sono mature e naturali...in mezz'ora ero piena di rispetto per lei...Provai anche una certa inclinazione verso di lui. Sembrò felice di stare con me e mi ci abituai in poco tempo, come la conosci da molto tempo. Dissi senza riserve tutto ciò che il mio cuore mi aveva fatto desiderare. In questa posizione, non so quale attitudine, scappò fuori dalla bocca - anche la tua storia. L'amicizia e la compassione hanno dipinto vividamente i miei meriti e il tuo stato in modo così diverso da esso. Molte volte i miei occhi si sono bagnati per la contessa e, poiché non t'ho nominata, sono stata in grossi guai con lei finché non ho potuto rifiutarmi di chiamarti.
"Se è un segreto (molte volte è l'anima grande, per così dire), e lei deve rimanere così, non costringo la signorina a tradire la sua amica. Ma se la ama - forse le sarebbe utile con questa piccola infedeltà...non è pura curiosità, il mio chiedere! io posso aiutare e sarei felice di aiutare! - ci pensi, anima mia! e se si convince, che non tradisca l'amicizia, allora mi confidi il suo segreto..."
Non riesco a trattenermi... Dovrei infrangere la mia parola? O lascio andare questa attitudine che potrebbe non tornare mai più? Affido il conteggio gratuito alla contessa, ciò che tu mi hai solo nascosto nel

mio grembo? Tu corri, tu ti nascondi, e io... ti scopro, ti faccio arrostire al fuoco?...Se lui forse è solo pieno - no! Non sto dico questo rimprovero a questa dama veramente rispettabile! - non abusa del nostro segreto...Dovrei chiedere il tuo permesso, che sono certa che non ottengo dal tuo sentimento debole e delicato...o ti costringerò contro il tuo permesso ti violenterò a che tu sia felice - e almeno ridurrò il mio errore non offendendo il tuo permesso...In questo imbarazzo, scelgo il mio cuore come guida, in questa battaglia di doveri è il giudice più sicuro... che non è forte, lo sai - ma che non è male, sai anche questo...se quindi ti tradisco, accade per debolezza, ma so che crederai anche che solo ho agito di buon cuore...

XLVI
FANNI ALLA BARONESSA L

Anche se sono colpevole - soffro la tua rabbia, solo tu sii felice. Ho infranto la mia parola! - Ti ho tradito. Hai conosciuto la contessa É, eppure hai taciuto. Ti conosce lui te, ti ama e soffre...Il suo calesse, che ti manda, porta questa mia letterina. T.ai invece han preso il controllo dell'ambasciata per te. Tutti vogliamo vederlo, ma nessuno non lo aspetta con il cuore spezzato, come

la tua Fanni

XLVII

BARONESSA É. ALLA BARONESSA L..-

Mia cara baronessa!
Perché serviva piegarsi a una risoluzione così terribile? - perché non mi mi hai conosciuto meglio e perché non ha affidato quello che non solamente la sua compagnia, ma che lo amava anche come sua fidanzata?...Io mando il mio carro e per favore non rifiuti di venire qui e cone me schiettamente e senza alcuna riserva definire il suo stato futuro e per credere nella mia vera amicizia con cui sono

la sua perfetta amica
Baronessa É.

XLVIII
FANNI ALLA BÁRONESSA L.- A B..

DA R-C, 17. FEBR.

Te ne sei andata, e mi hai lasciata qui, mio unica amica! - Ho perso la mia fiducia in te, mia maestra - Tutta me stessa!...Non mi lamento! Ti dovrei amare di meno, se non potessi sacrificare la mia bellezza per la tua felicità. Sii felice! - Soffrirò... non chiedo la tua amicizia! Chi ama come te non può dimenticare. Potrei essere terrorizzata, perché il ricordo silenzioso degli assenti è facilmente vola via tra l'affollata allegria del mondo; ma tu sai amare - perciò so di mantenere il tuo cuore ...

Oh mia cara! non sai tu di cosa avrò bisogno della tua consolazione anche in tua assenza...Le ore d'oro dell'amore sono passate senza turbamento, i tormenti dell'amore attendono...La notizia giuliva per il danno imbruttita e aumentata con gli ingrandimenti della menzogna ha portato la mia conoscenza davanti di mio padre...Sai quale inaudita apparizione in questo paesaggio è il puro amore di due, sai quanto è pieno di pregiudizi verso coloro che amano, perché l'amore è un fuoco selvaggio in loro - e il matrimonio è un affare proficuo, un grande male, è un modo scostumato, lecito...Immagina di qui la rabbia di mio padre! Si è presentato qui e ha fatto gli occhi truci. Ero sola nella mia stanza, dove è entrato dopo pranzo ...

Con le sopracciglia rugose su cui giaceva un cupo rimprovero, di fronte a me, chiese rapidamente:

"Chi è questo T-ai? eh..."

"Suo padre è un capitano - piace presso questa casa."

"Anche a te, vero?"

Tenei gli occhi bassi.

"Eh - ho sentito la tua bella notizia...Lo perdoni. La gattamorta fa un grande salto, prende il topo... Sapevo che non sa nemmeno molestare l'acqua...Fare la corte! Aspettalo! Mettiti insieme. perché vieni via con me."

"Come comanda, mio signore, padre mio."

"Ecco! - tu non mi resti qui...beh, che tipo di persona è? È un parassita, un vagabondo, non ha né pane, né casa...Poi certo! ora s'attacca, è già uno che corre dietro alle gonne. Cosa ne sarà già di questo..Nessuna sa cosa sia, chi sia? - Ehi, una scopettata a lui, non è

un amante..."
"Non è così di basso lignaggio come pensa mio padre!"
"Ecco - e fammi sentire eh? Dov'è il suo bestiame? Sesso? Dov'è la sua *familia*? Non ho sentito nulla di lui... Non così bassa? Allora, eh beh ecco, che carica ricopre, che hai per il mese va solo dietro ai balli...Per me non rimani nemmeno per un batter d'occhio...Preparati!"
Mi ha sbattuto la porta e io...oh amica mia! Mi si sono esaurite le lacrime dagli occhi...solo il sollievo per i piccoli guai, la felicità del terribile tormento, che non potevo piangere...Il mio cuore si strinse e rimasi immobile.
Teréz entrò, vide la mia grande confusione. Allora le caddi al collo, ringrazia con parole singhiozzanti per i favori che avevo ricevuto in questa casa indimenticabile.
"Non ci va neanche un tuo piede! Dov'è il vecchio?" (qui è entrato T-ai) "Lo sa, T-ai? Fanni se ne va, non la vuole più lasciare qui il vecchio..."
Impallidì e le sue labbra tremarono.
"Andiamo tutti, imploriamo il vecchio, la lascia qui, anche solo per due settimane. Cosa facciamo qui da soli? Sicuramente non ne viene nulla."
Corse via...Povero Józsi! ora ho visto quanto mi ama. Non poteva parlare, come una pietra, stava lì duro, e il dolore più terribile si dipingeva su tutto il suo viso.
"Dio!" - gridò, -"così per caso, così presto. Impossibile! Non posso vivere senza di te ..."
"Beh, non siate tristi!" - Intervenne Teréz. "Abbiamo persuaso il vecchio. Fanni resterà qui ancora per due settimane ..."
Quindi ancora un pochino di tempo - altre due settimane, solo due settimane. Come i giorni crudeli del condannato a morte, che i suoi giudici concedono con implacabile pietà prima della sua morte, così sono queste due settimane... Cosa ci guadagno con questo? poi ci separiamo davvero... Non mi colpiscono il coltello nel cuore tutto in una volta, solo lentamente lo stringono insieme, mi torturano...Anche questo è pietà - non mi lamento - oh, ma se passano, questi pochissimi, brevissimi giorni, per sempre - per sempre ci separeremo! Dio mo! Sono stata felice per un po' per essere infelice per sempre?

XLIX
ALLA STESSA

Il pericolo truce della nostra separazione ci ha sollevati dalla nostra coraggioso assopimento... Finora, come i bambini felici, non abbiamo nemmeno pensato alla possibilità di essere separati da una qualche storia. Tutti i nostri guai sono stati fugati da una vista, uno sguardo... questo felice presente non ci ha nemmeno permesso di indovinare il possibilmente infelice futuro...Questa audace negligenza è svanita; le sue spaventose raffigurazioni hanno disperso i nostri bei sogni per i tempi seguenti. Vediamo, vediamo certamente entrambi la sfortunata riluttanza a lasciarci l'un l'altra... Il sorriso si è trasformato in lacrime e lutto, lo scherzo in tormento...Non possiamo stare insieme a lungo! ogni notte mi sdraio con questo pensiero: un giorno in meno di tempo assegnato per stare con lui. E passo la notte insonne lamentandomi e singhiozzando.

È lontano, molto lontano dal suo ordine T-ai, e ora si lamentava con le lacrime che suo padre lo aveva destinato alla vita da campo. Care speranze con le quali mi sono illusa, e che il mio amore facile da credere ha accettato così avidamente, no, oh, non vedo mai risultati!

Oh, con quanto poco sarei soddisfatta io! un appezzamento silenzioso, il cui frutto servirebbe da tavola da campo, una casetta bassa che coprisse me e lui mi basterebbe, potrei vivere solo con lui. Per cosa abbondanza per me, che non posso sprecare; perché luce e decoro, chi prima sempre ho corso!...il cielo vuole diversamente! così come lui è, senza un buono status e reddito, non possiamo mai sperare in accordi genitoriali ...

Lui dice: che suo padre è così buono! che lo ama; gli chiederà il suo accordo, e se lo ottiene, allora proverà a ottenerlo anche dal mio...

Oh, penso che mi ami...ma comunque, sentimenti orribili soffocano il mio grembo. Quel giorno che ci separa, sembra separarmi dalla mia vita, Amica mia! sarà infelice per sempre.

Tu Fanni.

L
LA STESSA ALLA STESSA

DA CASA 17. FEBR.

Piangimi, mia cara ragazza! i miei piaceri sono stati sepolti. Sono qui, sola, abbandonata, a sottopormi alla mia tortura e al mio lutto ... Oh, la sera, la notte, che ha preceduto il mattino della nostra separazione, come la triste notte dei morenti, è stata orribile. La casa gioviale dove il favore amichevole, l'abitudine e la felicità mi hanno fatto casa,nel cui seno ho vissuto da sola giorni felici come ora tristi! Ogni angolo, ogni strumento domestico ha evocato bei ricordi. Volevo abbracciarti tutti - sono stato sopraffatta da molti di loro e ho pianto amaramente sopra loro.
La cameriera che mi amava così tanto e trovava tutti i miei desideri dai miei occhi - se mi guardava, diventava triste, ha perso un momento difficilmente - e questo amore stolto, diretto mi ha fatto uscire pesanti lacrime dagli occhi. Qui tutto mi amava - là poi tutto mi tormenta e mi strazia...
Avevo paura di incontrarmi con lui. Anche lui si è nascosto da me. Vagava nel giardino coperto di neve, solo e vicino alla disperazione. Mi chiusi a chiave e rabbrividii nel mio letto senza consolazione; per il molto pianto sgorgate dai miei occhi le lacrime si inaridorono.
Così è arrivata la sera. Si era già fatto buio, io così nella mia triste rigidità er o distesa, allorquando bussarono alla mia porta, e parlò T-ai suonò; la sua parola, che si era indebolita ed era come se si fosse svegliato da una lunga malattia, mi ha lacerato il cuore. Aprii la porta, entrò, si sedette in silenzio su una sedia e singhiozzò amaramente. Alla candela che avevano appena portato, vedendoci l'un l'altro, fummo entrambi sbalorditi. La sua guancia pallida, i suoi occhi gonfi di pianto, tutta la sua forma instillava pietà... Mi sono rotta la mano, ed ero fuori di me.
"Non tormentarti, mio tutto! - cominciò, voleva darmi consolazione, lui, che anche lui stesso era povero senza quello. "Il cielo è misericordioso, rende felice il nostro amore... Sii - da me - fedele!"
Gli caddi al collo, le nostre lacrime si mischiarono uelle non potevo staccarmi da lui...
Perché - oh, perché non posso morire qui! Qui nei tuoi abbracci... sono diventata debole, tutti il mio corpo cadde. La mia gola si fermò

come un veleno soffocante; il mio grembo si strinse e cercavo aria... subito tutto scomparve davanti a me e non sapevo nulla di me stessa. Mi risvegliai su un letto, che circondava questa bella famiglia e si ravvivò. T-ai era ai piedi del mio letto con le braccia socchiuse per la disperazione...
"Fanni! Per l'amor di Dio, torna in te. Non lasciarti portare via dal dolore così tanto..." - così gridò Teréz - e sparì fuori T-ai, che questi crudeli compassionevoli non mi avrebbero fatto rivedere...Alla fine la debolezza era assopita. I miei sogni erano confusi, mi vedevo trasformarmi in un'ombra, in una tunica mortuaria, a volte T-ai disegnaron sotto i miei abbracci immagini orribili e raffigurazioni appartate - rabbrividivo ad ogni battito di ciglia.
Il mattino - questo mattino di amarezze, è arrivato. Nebbia densa e abbondante premeva il terreno, il respiro pesante come il respiro di un dolore soffocante. Anche la natura piangeva nella separazione di due cuori amantisi. Oh, mattino! appartenevi tu al giorno di questa separazione.
Ero fuori di me, e così sono arrivata a casa di mia madre, dove ogni occhio che mi guardava mi prendeva in giro, o - sembrava così. Riuscii a malapena a scendere dal carro, ero così debole.
"Guarda l'anima addolorata! Non vergognarti così tanto di mostrare ciò che dovresti tenere segreto. Ti dispiace un po', vero? Sei bella -". Mia madre mi ha accolto con tali saluti e la sua risata beffarda si attaccò ai miei fratelli.
Barcollando, sono entrata nella mia stanza a passi crollanti, e a stento riuscii a fa credere loro la mia malattia. Anche mentre giacevo a letto e la mia testa bruciava, il mio flusso sanguigno era orribile, anche allora mia madre - oh, questa madre molto dura - ha detto rimproveri su di me e non mi ha spiato.
Allontanatevi, allontanatevi da me, dolci immaginazioni che siete apparse nella mia memoria solo in un così gentile, così affascinante colore da per rodere il mio cuore. Oh, mia dolce e tranquilla stanzetta, il tempio del mio primo e caldo amore! che sei vivo anche ora davanti alla mia immaginazione. Lo specchio sotto cui si trovava la mia scrivania, quella finestra, che dava sulla cascina, e accanto alla quale ho cucito così tanto, e lui era accanto a me - e presso la quale ero stata così tante volte felice...quel divano su cui ho passato molte ore con lui - tutte queste cose stanno davanti a me. Non riesco a togliermi dalla testa queste immagini della mia breve felicità, ed è tanto meglio quanto più chiaramente vedo la mia presente infelicità!

Piangimi, mia cara amica! i miei piaceri son sepolti.

LI

L'Est si schiarisce. Vivacità e vita si diffondono ovunque da esso. In me, la forza vitale si sta esaurendo giorno dopo giorno. Il mio corpo caduto, il mio povero cuore ha ricoperto una buccia ruvida...Come spezzato un'altra volta per l'arrivo della primavera! la primissima rondine, che indugiava accanto a me, la primissima cicogna che remò nell'aria, portò in un camminare allegro...Il canto randagio dell'allodola che va nella luce era annunciatore di una buona notizia. Il bocciolo di rosa, il colchico che vidi per la prima volta, proruppero in un grido di gioia. Ora la rondine si scuote, la cicogna arruffa la mia immaginazione, ed evoca in me immagini di distanza, separazione, crepe. L'allodola canta una canzone mortale. Il colchico il bocciolo di rosa (così sospiro) potrebbero aprirsi sulla mia tomba la prossima primavera. - Dove sei stata, mia ricca immaginazione! che è diventata una delizia anche quando l'hai oscurata con dolce tristezza! Il tuo bel processo è esaurito? - o chi ha disturbato il tuo cristallo? - Le nuvole primaverili, che il vento ha scosse dalla brezza nella cavità delle altezze, gettano un'ombra triste sul campo germinante e percorrono il suo pannello verde...Come queste, la mia vita passerà in un istante. Tristi immagini di caducità seguono qui, dove sotto i miei piedi, sopra la mia testa e intorno a me mille vite emergono ed ogni cosa si sveglia a nuova vita.

LII

Non lo trovo da nessuna parte...La mattina, allorquando sono stata con lui tutta la notte, con lui mi sono divertita, e quasi fino al lento sfinimento con lui ho riflettuto, apro i miei occhi. e lui non trovo da nessuna parte.

LIII

Invano! Non ho altro pensiero che Lui...Perdonami, Dio misericordioso! quando ti prego, quando voglio gemere te per un po' di sollievo, solo un minuto di liberazione - anche allora la sua figura interviene e mi cattura, solo per sé, da solo per sé solo tutti i miei sentimenti...Dove, dove porta questa rabbia? Quando sono rimasto seduta immobile per due o tre ore in un posto, la mia calda immaginazione ha dipinto i piaceri del passato con tutto i suoi piccoli profili, lui è davanti a me, proprio com'era, ogni sua mossa, ogni suo voltarsi è davanti ai miei occhi - ma mi piace come se fosse solo nell'altra stanza, io salto in piedi, lo inseguo - e poi vedo che mi sono tradita, e piango per il mio tradimento - quando mi rodo così, oh, vedo che così - non ci metto molto...

LIV

Chiudo la bocca, e non mi lamento. Non sa altri, che io sono così infelice. La più bassa contadina ha il cuore di suo padre, anch'io ne sono affascinata. Papiro che sapiente del tacere! tu solo chiudi in te le mie lacrime, che ti cadono addosso per la durezza di mio padre...Cosa ho fatto per perdere il suo amore? Ha una brutta fama che mi rattristo, e spreme le mie lacrime ogni ora...I miei sfrenati e coccolati fratelli calpestano il mio dolore con beffarda vittoria, e lui quello - non lo approva, ma sopporta... Mia madre spietata! si compiace della mia umiliazione, e - mio Dio! lei fomenta le mie amarezze... Quando la mia testa il dolore spine sul mio petto - lei - lei vomitano nei miei occhi. Se la mia debolezza è inchiodata al letto - mi prendono giro chiamandomi malata d'amore!...Oh, di quello sono malata, è vero, ma ne sarò il morto anche...Questa debole mano, l'amore, porta alla bara, e libera dai vostri tormenti...

LV
ALLA BARONESSA L.- A B.

DA CASA 17 Mar.

Ho visto in avanti, ho presentito, che cosí accade. Non posso soffocare in me, mi sfogo, devo sfogare la mia sconfitta; mi uccide, se la chiudo dentro di me!...Non mi hanno lasciato in pace, fin quando non mi hanno portata fuori per i capelli dalla mia silenziosa estraneità, nella quale per lo meno mi sono nutrita del mio biancore, si è ha schiantato il mio cuore. Mi hanno piantata tra gli uomini, e ancora più inguaribile hanno reso la mia ferita.
Sono entrati nella piccola città vicina per accorciare la noia. Abbiamo mangiato tutto il pomeriggio, penso pure io ho vagabondato con loro. Sai, quante sono qui le case nobili, da tutte si dovette dare un'occhiata. La signora ***, essendo giorno di festa, ha convocato mezza città e ha dato la cena, ha trattenuto anche noi. Io

non volevo dare motivo di piaceri malvagi per non farli ingrassare nella mia tristezza, ho raccolto le mie forze per coprire, parlavo dove con l'uno dove con l'altro...Il suo comportamento era freddo e ritroso verso tutti.
Conosci la signora **, che è così famosa per la sua devozione. Era qui anche lei con due ragazze codarde. Sono inciampata anche in lei. Le vesti nuziali delle loro madri erano state tagliate sartorialmente per loro e dato che le impalate non osavano nemmeno muoversi, perché in ogni battito di ciglia potevano aspettarsi il cupo sguardo migliorativo delle loro madri. Comincio a malapena a dire una parola o due con loro, ho visto, la chiara *matrona* fa un gesto con la mano - io questo non ho capito, e queste erano imbarazzate, tenendosi ancora più rigide. Continuo a parlare - e notai chiaramente che il suo gesto significa che mi stavano lasciando!...Ne rimasi colpita e m'imposi in me stessa di non lasciare la conversazione. Quindi continuai, e ancora di più ho cercato di portarle nella conversazione, di cui sarebbero state così felici, se non avessero avuto paura degli sguardi cupi...All'improvviso come la scatenata furia, salta là la loro madre dalla sua sedia, si precipita verso di noi, ed entrambe le ragazze, che ascoltavano con grande attenzione, con delle spinte materne scacciò da vicino a me..Mi imbarazzai. Non sapevo cosa pensare, e non potrei sbagliarmi su cosa significasse questa maleducazione!...Ma allorquando nell'immaginario dell'intera compagnia lessi gli impeti di molti tipi, vidi l'approvatoria smorfia della bocca di madri assai lagnantisi, per la gioia di molti, per lo sguardo fisso della testa vuota di alcuni - è allora che la cosa ha iniziato a far male, è allora che ho iniziato a vedere cosa volesse significare quella storia...Era come se girassero un coltello nel mio cuore. Non riuscivo a sopportarlo, e uscii, mi nascosi e piansi lacrime amare dell'innocenza violata.
"Qui, vedi no, utile alla tua conoscenza? Ragazza iniqua! Sei lo scherno per tutta la mia casa...Rovini la fortuna anche dei tuoi poveri incolpevoli fratelli. Vedi, fuggono da davanti a te gli uomini. Nasconditi, pazza! Nasconditi! non farti più nemmeno vedere davanti agli uomini..."
Così riversò su di me le sue imprecazioni su di me mia madre, che mi seguiva, ed era fuori di sé per la rabbia. Ogni parola mi sento nel cuore, come se lo spaccassero in due...Questo smacco capisco, a ancora io vivo. Come nel morbo della peste dal tormentato, così scappano via davanti a me? Come il veleno appiccicoso, la mia

compagnia è così? Come immorale, così le madri mostrano me alle loro figlie, me - che ero il miglior esempio di educazione?...Questa confessione di miserelevolezza degrada, lo so, le mie ancora per poco rimanenti forze. Sia davvero! come fossi sposo, così vado davanti all'angelo della morte. Accetto questo liberatore con gratitudine e abbraccio. No! non il terribile scheletro è questo, come ci è dipinto; un giovane bello e gentile che ti conduce amichevolmente da qui tra le amarezze al sonno eterno. -
Perché taci, mi amica di un tempo(?)! Mah..davvero è vero che lo sfortunato non ha amici Anche per te è vero? Guarda, mia dolce, nemmeno T-ai scrive. Da quando ci siamo separati, non ha risposto. Ma anche lui? - anche lui? - Impossibile! - Solo una parola, ti costringo al mio eterno riposo, solo scrivi una parola su di lui e su di te.

LVI

Se io potessi essere sua! - Mio Dio! Raggiungo o no prima o poi quella felicitá? Non seguite desideri inutili!...Lui è il mio! il più bello. il più perfettissimo giovane è il mio! Uno rispettabile, per cui vale la pena giovane, quello è mio marito...Non gemere, cuore illuso da immagini da favola! Questo orrore, che corre lungo la mia schiena, questa annuciatrice percezione che lui -per sempre - hai perso…

LVII

Mia invocazione serale di ogni giorno è divenuta questa: magari non raggiungo il domani. Questo pensiero mi segue nel mio letto, e la mattina, allorquando mi sveglio, mi rattristo che la mia invocazione non è stata ascoltata...Va bene! La mia ora ancora non è arrivata. Per cosa sono io qui? La mia bara è tanto fredda, tanto silenziosa, tanto tranquillizzante. Nella terra tutti i miei tormenti passano. Quando l'erba crescerá sulla mia terra, nel cui sono io mi sono nascosta, e quella il vento accarezza, là - ci sarà la fine ai miei struggimenti!

LVIII

Attorno a me tutto è cambiato. Invano è il germogliare dagli alberi del boschetto. Invano germoglia il prato; più per me non diventano blu le gibbose montagne, per me non gorgoglia il ruscello, non sboccia il cespuglio di rose...Questi non respirano più rassicurazione a questo cuore fatto a pezzi, non scorrono più dentro di essi piaceri...Oh, semplici dolci piaceri. Quando mi sono stesa nel seno della natura, quando quelli ho aspirato sorseggiando a un benefico bicchiere - dolci piaceri, siete laggiù! Il mio dolce posto poi è il cimitero...Là, dove il sambuco con i suoi boccioli fa ombra a una tomba, là siedo ora assai volentieri, e con cuore sospirante mi augurerei di scendere là, dove sparisce la sua radice.

LIX

Non faccio tumulto! La mia misura ancora non é ancora colma. Il bicchiere amaro ancora non è vuoto...No! non passi via da me! Sia fatta la tua volontá!

LX

Dimenticare!...Si può dimenticare?...Perchè non riesco io a dimenticare?

LXI

Qui - vicino al mio cuore - qui si attacca un verme...Sento come lo rode... Io porto la morte su di me! - I miei occhi sono secchi, come un campo durante la siccità! La mia guancia è gialla, come la spiga matura. maturo anche io verso la mietitura. Pure io maturo per il raccolto. Il mio è caduto, come un raccolto vitigno. Vicino è il tempo del troncamento. Sia fatta la tua volontá…

LXII

Perchè mi hanno svegliata dal mio sogno? Dormivo tanto silenziosamente, e nel mio dormiveglia i sogni più belli si libravano scendendo verso il basso davanti a me. Perchè mi hanno svegliato di soprassalto?...Ma cos'è quello, che la mia *penna* non posso afferrare? Perché non è stato questo il bel sogno tranquillizzante? Perchè tremo?...Dicono che tutta la notte la febbre alta mi ha tormentato, e io - tanto bene ho dormito; che ho riflettuto, e dalla mano delle mie attenzioni mi sono staccata. e io davvero tanto bene dormivo...La mia liberazione si avvicina...

LXIII

Per l'ultima volta mi rivolgo te, confidente dei miei segreti - e solo perchè io parli con lui...Mio unico! allorquando questi appunti giungono nelle tue mani, allora già me la fredda terra mi copre...Sigillando ti lascio quelle lacrime, che ho versato qui, questi tormenti, che qui ho ho riversato fuori...e quelli li lascio te. Per te li ho sofferti…Non ignominiosamente lo dico! che piango in modo dissennato. che ho sofferto volentieri...Scendo nella taverna del mio silenzio col pensiero, che sei stato devoto...e se non lo sei stato - io ti perdono...Là, dove io vado, non c'è il mantenimento della rabbia! lá poi ci incontriamo, e là poi - ci possiamo coraggiosamente amare.

www.ingramcontent.com/pod-product-compliance
Ingram Content Group UK Ltd.
Pitfield, Milton Keynes, MK11 3LW, UK
UKHW041643190726
13854UKWH00006B/2661